Sándor Márai

Tagebücher 1984 – 1989

SERIE PIPER

Zu diesem Buch

Zusammen mit seiner Frau Lola hat Márai über sechzig Jahre in verschiedenen Ländern gelebt. 1952 verließen sie Europa und gingen in die USA, wo sie schließlich im amerikanischen San Diego ihren Alterswohnsitz bezogen. In seinen ergreifenden Tagebüchern der Jahre 1984 bis 1989 berichtet der alternde Schriftsteller von der langen Krankheit und dem Tod seiner geliebten Frau. Im Jahr darauf stirbt ganz überraschend der Adoptivsohn. Márai denkt über die zunehmende Einsamkeit nach, beobachtet an sich selbst die Verfallserscheinungen und bereitet sich auf seinen eigenen Tod vor. Doch noch immer zeigt sich Márai als aufmerksamer und wacher Mensch, der am literarischen und gesellschaftlichen Leben Anteil nimmt. Am 22. Februar 1989, drei Jahre nach dem Tod seiner Frau, nimmt sich Sándor Márai das Leben.

Sándor Márai, 1900 in Kaschau (Košice, heute Slowakei) geboren, lebte und studierte in verschiedenen europäischen Ländern, ehe er 1928 als Journalist nach Budapest zurückkehrte. Er verließ Ungarn 1948 aus politischen Gründen und ging 1952 in die USA, wo er bis zu seinem Freitod 1989 lebte. Mit der Neuausgabe des Romans »Die Glut« (1999) wurde Márai als einer der großen Schriftsteller des 20. Jahrhunderts wiederentdeckt. Zuletzt erschienen »Ein Hund mit Charakter« sowie der Briefwechsel mit Tibor Simányi, »Lieber Tibor«.

Sándor Márai
Tagebücher 1984 – 1989

Ausgewählt und aus dem Ungarischen von
Hans Skirecki

Herausgegeben von
Siegfried Heinrichs

Nachwort zur Taschenbuchausgabe von
Ernö Zeltner

Piper München Zürich

Von Sándor Márai liegen in der Serie Piper vor:
Bekenntnisse eines Bürgers (3081)
Tagebücher 1984–1989 (3183)
Land, Land (3184)
Die Glut (3313)
Der Wind kommt vom Westen (3406)
Das Vermächtnis der Eszter (3511)
Ein Hund mit Charakter (Piper Original, 7028)

Ungekürzte, um das Nachwort erweiterte Taschenbuchausgabe
Piper Verlag GmbH, München
September 2002

Titel der ungarischen Originalausgabe:
»Napló 1984–1898«, Vörösváry Publishing Co. Ltd.,
Toronto 1997

Umschlag/Bildredaktion: Büro Hamburg
Isabel Bünermann, Julia Martinez, Charlotte Wippermann
Foto Umschlagvorderseite: Petőfi Múzeum, Budapest
Satz: Uwe Steffen, München
Druck und Bindung: Clausen & Bosse, Leck
Printed in Germany ISBN 3-492-23183-7

www.piper.de

Inhalt

Tagebuch 1984 7
Tagebuch 1985 57
Tagebuch 1986 93
Tagebuch 1987 125
Tagebuch 1988 139
Tagebuch 1989 147

Nachwort
von Ernő Zeltner 151

1984

7. Januar

Das Titeljahr des Orwellschen Superschunds. Die Weissagung hat sich bisher nicht erfüllt, aber alltägliche Wirklichkeit geworden ist der nukleare Terrorismus. Ein Briefschreiber erwähnt nostalgisch das 19. Jahrhundert, erinnert an den friedlichen Fortschritt. Ich bin hierhergelangt von der Schwelle des Jahrhunderts, und wenn ich an das erste Jahrzehnt meines Lebens zurückdenke, als das 19. Jahrhundert noch Wirklichkeit war, entsinne ich mich nur, daß das Alltagsleben unsäglich mühseliger, primitiver und ungesünder war als das verfluchte 20. Jahrhundert, in dem viele Millionen Menschen in Kriegen und Revolutionen umgebracht wurden, aber gleichzeitig war es für die Massen auch leichter als im 19. oder einem anderen vorangegangenen Jahrhundert. Und die Lebenserwartung doppelt so hoch wie 150 Jahre vorher. Im ersten Jahrzehnt des 19. Jahrhunderts lebte auf der Erde ungefähr eine Milliarde Menschen, bis zum Ende dieses Jahrhunderts werden es aller Wahrscheinlichkeit nach sechs Milliarden sein. Im 19. Jahrhundert verkündeten die Menschen voller Stolz, man könne in 80 Tagen um die Erde reisen – heute genügen 90 Minuten. Ein Onkel väterlicherseits starb 1849 an einer »Darmschwäche, gefördert durch die unglücklichen Verhältnisse in unserem Heimatland«, heute stirbt an einer Blinddarmentzündung nur ein Dussel. War es »besser« im vergangenen Jahrhundert? »Besser«, was ist das? Insgesamt gesehen leben wir heute viel schneller und länger.

9. Januar

»The portable Edmund Wilson.« Es ist noch nicht lange her, daß er starb, jetzt ist eine Auswahl seiner kritischen Schriften erschienen. Er gehörte zu den gebildetsten literarischen Augenzeugen des Jahrhunderts und war auf dem kommerziellen Trödelmarkt, wie er so typisch ist für die amerikanische und großenteils auch für die europäische Literaturkritik, einer der bewußten, unabhängigen Köpfe. In einem Aufsatz nennt er die Entstehungsumstände des Melodrams »Onkel Toms Hütte«. Ich habe Harriet Beecher-Stowes berüchtigtes Buch als Halbwüchsiger gelesen, danach kam es mir nicht mehr zwischen die Finger. Das Buch ist so aktuell wie das, was Wilson schreibt, denn in diesem Jahr bewirbt sich auch ein Schwarzer namens Jackson um das Präsidentenamt. Als wir vor 32 Jahren hierherkamen, wäre das noch undenkbar gewesen. In den vergangenen drei Jahrzehnten haben die Schwarzen in Amerika einen unglaublichen Sprung gemacht – sie sind nicht »frei geworden«, denn sie sind unverändert schwarz, aber als Schwarze haben sie Positionen besetzt, von denen sie in der ersten Hälfte des Jahrhunderts nicht einmal geträumt hätten. Hoffentlich wird Jackson im Durcheinander der Wahlleidenschaften nicht von irgend jemandem niedergeschossen, das könnte eine große Krise auslösen. »Onkel Toms Hütte« ist inzwischen ein Seminarthema, aber in der Realität gibt es so etwas immer noch – Onkel Tom fährt heute Auto, geht frei aus und ein in Restaurants, kann es auf allen Arbeitsgebieten zu etwas bringen, wenn er befähigt ist, doch das ist er nicht immer. Dennoch, Harriet Beecher-Stowes naives und sentimentales Buch ist heute eine grotesk furchterregende Lektüre. Wilson zitiert aus dem berühmten Buch die Methoden eines gewissen Simon Legree, der Plantagenaufseher ist und die Negersklaven auspeitschen läßt. Ähnlich ging es in den Schinderlagern der Nazis zu, wo die Kapos – mitunter polnische Juden – ihre Schicksalsgefährten ebenso grausam behandelten wie die Nazis. Und so war und ist es im Gulag, wie Solschenizyn und andere es beschrieben haben.

15. Januar

Man lobt einen fleißigen, schnaufenden Essayisten, daß er »viel weiß«, weil er in seinen Schriften kunterbuntes Zeug zusammenschwatzt. Aber seit der Erfindung des Buchdrucks ist das »Wissen« kein Verdienst – man braucht nur ins Regal zu langen, wo in unabsehbarer Menge Enzyklopädien stehen, in denen alle Daten festgehalten und erklärt sind. Vor Gutenberg war das »Wissen« etwas, das man sich unter Opfern und Mühen zusammensuchen mußte. Heute ist es nicht mehr anstrengend – wenn jemand nicht »weiß«, worüber er gerade referiert, ist das nur Faulheit. Die Kenntnisse, die das »Wissen« ausmachen, sind nur ein Verdienst, wenn Neues und Originelles aus all dem folgt, was der Schriftsteller zusammenstellt. In der Enzyklopädie sind Waggons voller Ziegelsteine enthalten, aus denen man heute ein Zuchthaus oder eine Kathedrale bauen kann. »Wissen« ist nicht mehr schwer; schwer ist es, wie immer, aus dem Wissen Neues zu schöpfen.

Es gibt keine »schlechten Ehen«. Alle Ehen sind gleich: nicht schlecht und nicht gut – eben Ehen.

20. Januar

Müdigkeit, Schwäche, taumelnder Gang. Wie wenn die Batterie leer ist und die Taschenlampe nur noch glimmt.

Am Abend lese ich L. von den ägyptischen Plagen vor. Der Sadismus der Geschichte, schroff und schonungslos aufrichtig. Immerfort »verhärtet« der Herr Pharaos Herz, damit er die Juden nicht aus Ägypten wegziehen läßt – warum nur? Ebensogut könnte er Pharaos Herz erweichen, auch das steht in seiner Macht. Die Plagen, die Finsternis, die Pest, Heuschrecken, Stechmücken, Hagel ... das alles könnte ausbleiben, denn der Herr kann auch mit friedlichen Mitteln etwas für das auserwählte Volk tun, er muß nicht ununterbrochen die Ägypter ausrotten und bestrafen. Aber er rottet aus und straft, bis ins siebente Glied, und »verhärtet« immer wieder Pharaos Herz ... Ein seltsamer Gott, dieser Gott der Juden.

Lincoln hat gesagt, über 40 sei jeder Mensch selbst für sein Gesicht verantwortlich. In existentiellem Sinn stimmt das: Der Mensch ist nicht der, als der er geboren wird, sondern der, der aus ihm wird. Aber über 80 kann man nichts mehr für sein Gesicht – darüber verfügen Kräfte, über die Persönlichkeit und Bewußtsein keine Macht haben.

27. Januar

Mittags große Hitze, abends Sturm und arktische Kälte. Als stünde alles auf dem Kopf. Zahlenspiel: Ich war 48, als wir Ungarn verließen. Jetzt haben sich die Ziffern verkehrt, aus der 48 ist eine 84 geworden. Wir sind so alt wie die Zeit, in der wir leben.

Nachts lese ich Gedichte von Benedek Virág. Wir waren Nachbarn in Buda, in der Christinenstadt, nur zog er 200 Jahre früher dorthin. Ich lese seine Gedichte mit der Freude des Entdeckers. Sie sind neuartig und überraschend, weil sie nicht um jeden Preis neu sein und überraschen wollen. Also Avantgarde mit weißer Perücke. Sein Patriotismus klingt mißlaunig, mürrisch. Er war Mönch und Dichter ohne Verstellung, ohne Schauspielerei. Wie gut es tut, um Mitternacht am Strand des Stillen Ozeans ein Wort mit dem Nachbarn zu wechseln.

Dicke Buchhändlerkataloge, jede Woche ein, zwei. Tausend und zehntausend Bücher, allesamt Neuerscheinungen, aus jedem Genre Hunderte. Würgender Widerwille. Kurze Sätze schreiben. Oder nur Wörter. Wörterbuch lesen. Die Literatur ist tot, es lebe die Buchindustrie.

29. Januar

Die benachbarte Kirche, die pleite gegangen ist, weil ihr die Gläubigen wegliefen – es mag sich um irgendeine Kongregationssekte gehandelt haben –, hat ein Weinhändler gekauft. Im Verlauf von mehreren Monaten wurde das schöne große Gebäude völlig umgestaltet, aber der Engel an der Kuppel, der ins Horn bläst und über die Umgebung, auch über uns, wacht, ist geblieben. Er hat jetzt einen goldenen Mantel bekommen, und die Kirche wurde in luxuriösem Übermaß umgebaut, geplant sind große Bankette und französische Küche, angeboten werden Weine ausgewählter Jahrgänge. Zur Eröffnungsgala zahlten 550 Menschen pro Kopf 100 Dollar für das Essen, das Geld geht an die hiesigen Philharmoniker, die ebenfalls pleite sind. Die Preise sind auch tagsüber hoch, aber die Kirche, wo Brot und Wein den Gläubigen jetzt in Gestalt von Hummer und Château Lafite gereicht werden, ist eine typische Variante von Religion und feiner Küche.

Eine neue Dostojewski-Biographie ist erschienen, der Verfasser heißt Joseph Frank. Die Besprechung (von dem ausgezeichneten V. S. Pritchett) erwähnt, daß diese neueste Biographie den russischen Schriftsteller-Evangelisten von einer neuen Seite zeigt: Dostojewski fing als eine Art bürgerlicher Dandy an, geriet in die romantisch-sozialistische Bewegung, kam ins Straflager und kehrte als regulärer nationalistisch-evangelistischer Prophet in die Literatur zurück. Er schuf Großes, und eine Überraschung in seiner Laufbahn war es, als er in Sibirien und später nochmals entdeckte, daß die Leibeigenen eine Aufhebung der Klassenunterschiede gar nicht wollen. Später glaubte er nicht mehr daran, daß die sogenannten radikalen Intellektuellen einen Einfluß auf die werktätigen Massen Rußlands haben könnten. Die Leibeigenen wollten ein besseres Los und Freiheit, aber sie hatten kein Zutrauen zu den bärtigen, evangelistischen, bürgerlichen Propheten. »A man should not pretend to be other than he is«, schreibt Pritchett. Ein solches Widerstreben und Mißtrauen ist nicht nur im 19. Jahrhundert, sondern auch bei der gesellschaftlichen Umschichtung der heutigen Zeit zu beobachten, und nicht nur in Rußland.

Dostojewski überraschte der Klassenhaß im Gefängnis. Ein verbannter Leibeigener, und nebenbei Verbrecher, fühlte sich im Gefängnis heimischer als ein revolutionärer Schriftsteller, der glaubte, er habe sich mit den Verbannten und Elenden identifiziert. Er fühlte sich in der Verbannung »wie ein Wolf in der Falle«. Dem Biographen zufolge glaubte Dostojewski nicht mehr, die großen Massen des russischen Volkes würden sich je von den Anstrengungen der radikalen Intelligenz beeinflussen lassen. Und er entdeckte, daß die Bauern nichts an der Klassensituation ändern wollten – sie wünschten sich ein besseres Leben und mehr Freiheit, aber nicht, daß die Klassenunterschiede verschwänden. Solche Symptome waren nach 1945 auch in Ungarn und anderswo zu beobachten, wo die Berufsrevolutionäre den Volkswohlstand proklamierten, das Volk jedoch argwöhnisch beobachtete, daß anstelle des Volkswohlstands ein Parteiwohlstand auf die frühere Hierarchie folgte.

2. Februar

»Meinen täglichen Gleichmut gib mir ...«

5. Februar

Ein Brief aus Budapest von meinem Bruder Gábor. Tuci, seine Frau – sie war Klavierlehrerin, eine Schülerin Bartóks –, ist »unerwartet« gestorben. In den »unerwarteten« Todesfällen steckt für die Überlebenden stets etwas Beleidigendes. Sie schreien auf, entrüstet, als wollten sie fragen: Was ist das für eine Taktlosigkeit?!

Seit Wochen habe ich nicht das Krimimanuskript aus dem Schubfach genommen, ich vertraue weder mir noch dem Manuskript. Noch dem Zweck, der Berechtigung von »Literatur«. Wenn ich gelegentlich schreibe, ist das nur noch eine Art Frühgymnastik, ein Schutz gegen die Verkalkung. Wenn ich jetzt das Manuskript aufschlage und Seiten zu lesen versuche, ist es so, wie wenn der Arzt das Stethoskop auf den Bauch der werdenden Mutter hält und lauscht, ob Herztöne des Embryos zu hören sind.

In der Nacht die Verwünschungen, die János Vajda um 1860 über die Verräter ausstößt. Ohne einen Buchstaben zu verändern, könnte das Gedicht auch heute veröffentlicht werden, es ist aktuell, Wort für Wort.

10. Februar

In seiner Puschkin-Studie erwähnt Wilson die Dichter, die im Alter von 30 Jahren fast gleichzeitig den Tod fanden, »durch eine Krankheit oder im Duell«, wie Puschkin und Lermontow, dann Byron, Shelley, Keats, Leopardi und Poe, oder die ausbrannten, wie Coleridge oder Wordsworth. Nach Wilson geschah das zwischen dem 30. und 40. Lebensjahr, weil sie nicht mit den bürgerlichen (oder feudalen, wie in Rußland) Veränderungen ihrer Zeit und den verbliebenen Traditionen zurechtkamen. Das klingt gefällig, ist aber unwahrscheinlich. Kleist und Novalis, Musset, dann Attila József, sie alle brannten um die Dreißig aus, gleichzeitig ertrugen Goethe, Hölderlin und zahllose weitere Dichter die sozialen Konflikte und erreichten ein hohes Alter. Die Romantiker hatten vielleicht einen gemeinsamen Weltschmerz, der individuelle Tragödien auslöste – aber die Tragödie war ja stets eher etwas Individuelles als eine Schicksalsgemeinschaft von Zeitgenossen.

12. Februar

Edmund Wilson darüber, daß San Diego um 1932, in den Jahren der großen Depression, ein beliebtes und erwähltes Ziel der amerikanischen Selbstmörder war; hierher kamen die Verzagten und Hoffnungslosen zum Sterben. Zwischen 1911 und 1927 kamen über 500 Menschen nach San Diego, um sich hier das Leben zu nehmen. Zu der Zeit hatte die Stadt ungefähr 300000 Einwohner. Heute dreimal soviel, aber die Zahl der Selbstmorde ist auf ein Minimum gesunken, die Leute ziehen eher hierher, weil sie hoffen, im Sonnenschein länger zu leben.

17. Februar

Für die Hypothese, die von den Shakespeareologen gelegentlich vorgetragen wird, der Dichter sei insgeheim ein Papist gewesen, findet sich in seinem Lebenswerk keinerlei Beweis. Es gibt die Hölle im Shakespeareschen Werk, aber sie befindet sich hier auf Erden. Von Eschatologie keine Spur. Die Hölle liegt dem Dichter zufolge nicht tief unter der Erde, sondern an deren Oberfläche, in der Wohnung, dem Beruf, der Gesellschaft, dem Menschen. Der Mensch ist keine Ausgeburt der Hölle, wie man so sagt, sondern ihr Schöpfer.

20. Februar

Die Exilpresse über die Zweisprachigkeit. Für jede Emigration ist es ein Schicksalsproblem, inwieweit der Emigrant bereit ist, sich auf Kosten der Muttersprache die Sprache der neuen Gemeinschaft anzueignen. Für Exilschriftsteller ist das keine Frage, denn wenn sie sich von der Muttersprache lösen und in einer fremden Sprache zu schreiben versuchen, zerschneiden sie die Nabelschnur, die sie mit der lebenspendenden Muttersprache verbindet und die ihr Selbstbewußtsein, ihre schriftstellerischen Fähigkeiten speist. Man kann sehr wohl Gedanken in einer fremden Sprache schriftlich ausdrücken, aber »schreiben«, also schöpfen, kann man nur in der Muttersprache. Das war für mich kein Geheimnis, als ich vor 36 Jahren Ungarn verließ: Wohin es mich verschlägt, dort werde ich ein ungarischer Schriftsteller sein.

Eine ausgezeichnete Abhandlung von Wilson über die Beziehung zwischen Marx und Engels. Die Londoner Jahre in Soho und dann in einem der ärmsten Viertel der Stadt (1850–1865 und auch noch später) waren für Marx und seine Familie Jahre voll Schmutz und Elend. Er schreibt das *Kapital* sowie Fünf-Dollar-Beiträge für die *New York Tribune* und für eine Enzyklopädie, Kinder kommen zur Welt und sterben, die Familie haust in zwei engen, mit wackeligen Möbeln eingerichteten, verschmutzten Stuben, seine Frau ist bereits abgestumpft, sie essen tagelang nichts anderes als Brot und Kartoffeln, Marx' Pfeifenrauch durchtränkt die beiden Räume, alles wandert in die Pfandleihe, auch Kleider und Schuhe. Engels unterstützt Marx, hin und wieder. Nicht sehr. Das Verhältnis zwischen den beiden und Liebknecht als Zuschauer ist unharmonisch. Aber Engels steht loyal zu Marx, den er für ein wenig romantisch hält, für doktrinär. Der zu Recht über die Grausamkeiten des Monopolkapitalismus erboste Marx versucht die Verantwortung für sein und seiner Familie Elend bedingungslos auf die Gesellschaft und das kapitalistische System abzuwälzen, aber zugleich hat er (und Engels scheint es gewußt zu haben) ein Schuldbewußtsein, daß er nichts unternimmt, das Elend der Seinen zu mildern und eine menschlichere Lebenssituation herzustellen, was auch innerhalb des kapitalistischen Systems möglich ist. Der Prophet lehnt die Verantwortung für das persönliche Schicksal ab und schreibt die welterschütternde Anklageschrift *Das Kapital*, in der er alle Probleme der Ausgebeuteten in eine Doktrin zu zwängen versucht. Darauf spielt Engels an, wenn er sagt, es sei richtiger, es den Arbeitern zu überlassen, ihre Forderungen zu formulieren und dann schriftlich in einer Doktrin niederzulegen. Wie Dostojewski in Sibirien, als er verwundert gewahr wurde, daß das Proletariat keine Belehrung von der radikalen Intelligenz erwartete.

29. Februar

Schaltjahr. Ein Tag mehr. Ein Tag Aufschub vor der Hinrichtung. Immerhin.

Mir fällt mein Schreibtisch ein, der in Buda blieb, in der zerstörten Wohnung. Zu mir war er aus dem Ordenshaus von Szepesolaszi gelangt; ein schrägbeiniger Vier-Zoll-Kantinentisch. Während der Belagerung wurde er beschädigt, ein Bombensplitter schlug ein. Er ist der einzige Gegenstand aus meiner Wohnung, an den ich mich erinnere.

Das Leben imitiert die Kunst ... Der Ausspruch von Wilde wird manchmal gespenstisch wahr. Zeitung und Rundfunk posaunen in die Welt, daß in La Jolla ein Finanzmensch verhaftet wurde, der 125 Millionen Dollar von den Konten seiner Klienten unterschlagen hat. Behörden und Geschädigte zerbrechen sich den Kopf, wo er die Unmengen Geld versteckt hat. So einen Kerl möchte ich im Krimi beschreiben, seit Monaten schleiche ich um ihn herum, immer kam es mir unwahrscheinlich und übertrieben vor. Jetzt schreibt die Zeitung wortwörtlich so darüber, wie ich es gern getan hätte.

In einem Buch, das unter dem Titel *Lustspiel an der Donau* in Budapest erschienen ist, veröffentlicht ein dortiger Reporter Gespräche, die er im Ausland mit noch lebenden Größen des Ancien régime geführt hat, mit Diplomaten und Generälen, die berichten, was sich 1944 und 1945 in Budapest abspielte. Worüber er nicht spricht: daß die Polen, Tschechen und Rumänen gegen die Nazis kämpften oder »absprangen« und daß die widerspenstigen Völker lediglich erreichten, daß aus der Nazikolonie eine Sowjetkolonie wurde. Der Journalist sprach auch mit Kálmán Hardy, und Kálmán erzählte, daß wir im Oktober 1944 in meiner Leányfaluer Wohnung die mit Bleistift abgefaßte Botschaft in die Maschine tippten, in der Horthy von Kálmán Kánya gedrängt wurde, sofort mit den Deutschen zu brechen. Horthy zerriß den Zettel, verbrannte ihn im Kamin und zerkrümelte die Asche, denn er traute seiner Umgebung nicht. Die kleine Hermes-Schreibmaschine, auf der ich die Aufforderung abtippte, besitze ich heute noch. Kálmán ist inzwischen gestorben. Über Horthy sagt der emigrierte Offizier Szentmiklósy, er habe sich am Morgen des 15. Oktober in der Burg aufgehalten, als der Reichsverweser auf dem Burghof auf und ab ging, während er auf den deutschen Gesandten Veesenmayer wartete, der mit dem Wagen kam und ihn festnahm. Sie begrüßten sich herzlich (sic!), der Gesandte nahm Horthys Arm und half ihm einsteigen. Betont wird die »Herzlichkeit« der Festnahme. Unwahrscheinlich, daß der alte Pétain herzlich mit dem amerikanischen Soldaten plauderte, der ihn festnahm.

In Győr veröffentlicht eine Zeitschrift einen längeren Aufsatz über den ungarischen Schriftsteller S. M., den »letzten Vertreter der abgedankten bürgerlichen Welt«, von dem die junge Generation nicht einmal mehr den Namen kennt und so weiter. Der Beitrag wägt die verschiedenen Experimente meines Lebens und fragt, ob der Schriftsteller immer noch daran glaube, daß das Bürgertum auch weiterhin für den Schwung des Fortschritts und der Entwicklung stehe und so weiter. Auf den Fragesatz kann ich nur mit Ja antworten; das bürgerliche Lebensgefühl und die bürgerliche Lebensform sind auch heute, wie zu jeder Zeit seit dem Mittelalter, der Katalysator, der auch unter den Massen dem Fortschritt und der Entwicklung Schwung verleiht.

Eine Abhandlung über die Theorie des englischen Mathematikers Turing, der glaubte, die Logik könne ein computerisierter Prozeß sein, und zu Beginn des Jahrhunderts die furchteinflößende Vision eines »artifiziellen Bewußtseins« hatte. Zum Ende des Jahrhunderts hin sind die Computer in das Labyrinth der Bewußtseinsgestaltung vorgedrungen. Inzwischen »antwortet« der Computer, aber er kann immer noch nicht mit selbständiger Logik fragen. Doch scheint es nicht unmöglich, daß das Silicongehirn eines Tages auch fragen wird. 1949 stellte man den ersten elektrischen Computer her, der ein »Programm« geben konnte, nicht zuletzt mit der Hilfe des ungarischstämmigen Mathematikers John von Neumann. Der englische Mathematiker David Bolter denkt über die Möglichkeit eines »universellen Computers« nach und sagt, Computerschach sei theoretisch nicht unmöglich, doch in der Praxis betrage die Zahl der auf dem Schachbrett möglichen Züge 10^{30}, was mehr sei als die Gesamtmenge aller im Universum vorhandenen Atome; und damit der Computer den sicheren Sieg ermittle, brauche er Jahrmillionen. Neben alledem gibt es etwas Unbegreifliches in den »Dutzend«problemen. Seit einigen Tagen weist L. mich darauf hin, daß nachts »ein Insekt« herumläuft – keine Schabe, eher etwas wie ein schwarz gepanzerter, daumenlanger Hirschkäfer; einmal habe ich ihn nachts gesehen in der Küche an herumliegenden Lebensmitteln knabbernd, an Früchten, an Brotstücken. Die Sache hat etwas Unheimliches, das Insekt dringt in dunkler Nacht in die Küche ein, frißt sich in den Folienbeutel, der die Lebensmittel umhüllt, verzehrt die benötigte Menge und verschwindet blitzschnell, um am nächsten Tag von neuem zu kommen ... Wie findet es die Nahrung, wie führt es den Raub aus, woher bezieht es die Informationen, was es zu machen hat und wie es vorgehen soll? ... Es ist fast unheimlich. Das Multiplikations- und Mutationstalent der Natur ist unendlicher als die Möglichkeiten eines »universellen Computerbewußtseins«. Uns umgeben Geheimnisse, die von Radioteleskopen, Telespektroskopen, Atomtests nicht erklärt werden können. Die Wanderungen der Heringe, die Zugvögel ... und was wissen wir über uns, die Menschen? Auch die Anamnese weiß keine Antwort.

Ich bin nicht gesund, bin sehr müde, kann sein, daß die Batterie zu Ende geht. Aber den kurzen Morgen- und den dreiviertelstündigen Abendspaziergang halte ich noch ein, das hilft mir irgendwie von einem Tag zum anderen weiter. Die Nähe des Todes verleiht dem Bewußtsein eher Kraft als Lustlosigkeit.

Ein mir unbekannter Budapester Filmregisseur (ich habe seinen Namen nie gehört) schreibt mir einen Brief und appelliert an mich heimzukehren, »sinnentleerte Gesten« wie die Emigration hätten keinen Sinn, zu Hause sei jetzt alles schön und gut und so weiter. Daß ich seit 36 Jahren in der Fremde lebe, bewertet der Briefschreiber als »Geste«. Ich wundere mich in solchen Fällen immer, wie schlecht die Zeitgenossen unterrichtet sind, wenn einer des anderen Gesichtspunkte beurteilt. Die Annahme, ich würde mich zu den »nützlichen Idioten«, wie Lenin es ausdrückte, gesellen, liegt für den Briefschreiber auf der Hand. Ich bin dann jedesmal erleichtert, daß mich zwei Ozeane von diesem Menschenschlag trennen.

6. März

L.s Augen werden nicht besser, sie führt ein Stolperleben, und ich stolpere mit ihr. Sie denkt viel an die Kindheit, an Kaschau, und träumt von den Dortigen. Heute hat sie über Rosa gesprochen, unsere alte Dienstmagd, sie war in Buda unsere ausgezeichnete Köchin, reichte jedoch eines Tages, ausgerechnet bei pingeligen Gästen, mit ihren halbblinden Augen einen Salat mit einem Regenwurm darin. Als L. sie darauf hinwies, sagte die alte Rosa beschämt: »Dann geh ich halt.« Und sie ging. Ging, kaum noch etwas sehend und betagt, in die Hoffnungslosigkeit des Armenhauses. Das sind die Erinnerungen, die im Alter wiederkehren und schmerzen. Wir hätten Rosa behalten müssen, etwas machen ... Das sind am Ende die schlimmsten Geisterbeschwörungen.

10. März

Schallplatten: Bartók, Berg, Gershwin, Milhaud, Prokofjew, Schönberg, Strawinsky, Villa-Lobos, Webern ... Strawinsky ist der einzige, den ich »verstehe«. Die anderen höre ich, als ob jemand in einer fremden Sprache, die ich nicht verstehe, Gedichte aufsagte. (Auch Bartók ist keine Ausnahme.)

In den Briefen älterer Zeitgenossen die Besorgnis, sie seien am Verblöden. Die Symptome der »Alzheimer disease«, der Dementia mentalis nach dem Absterben der Hirnzellen, macht sich der Kranke selten bewußt. Der Zelltod kann ein natürlicher Verschleißprozeß sein, der sich nicht schneller abspielt als der allgemeine physische Prozeß. Aber er kann auch zum Verhängnis werden. An mir selbst beobachte ich, daß mir Namen schwerer einfallen als Zahlen. Auch Vergleiche kommen nicht mehr, wie früher, spontan.

13. März

Um drei Uhr nachmittags ist es übergangslos so, als senke sich ein dichter dunkelblauer Vorhang vor mein linkes Auge. Auch das rechte funktioniert nicht wie bisher. Auf dem linken Auge sehe ich nichts.

Es gibt Prozesse, die man nur in zweiter Instanz gewinnen kann (sagt Gide). Meistens ist die Revolution ein solcher Prozeß. In erster Instanz wird sie liquidiert, oder sie frißt sich selbst. Dann, in der Zeit des Fegefeuers, klärt sich ab, was ihr Sinn war. Das dauert manchmal lange.

16. März

Beim Augenarzt. Umständliche Untersuchungen, das Augeninnere wird betrachtet, der Augenhintergrund photographiert. Er sagt, im kranken Auge sei der »pressure« 30, aber auch im rechten Auge höher als letztens, 25. Auf dem rechten Auge sehe ich noch, ein wenig trüb. Das Kunstwort lautet Glaukom, eine Abart der Blindheit. Manchmal, sagt er schulterzuckend, sei das operabel, mit

Laserstrahlen. Er gibt mir Tropfen und will mich in einer Woche wiedersehen.

Unglaublich schnell vermag sich der Mensch der Halbblindheit, dem Tasten, der Wahrnehmung der veränderten Dimensionen anzupassen. Ich bin frei von Panik, eher hoffe ich, die Suffusion wird aufgesogen. Unmöglich ist es nicht. Furcht, daß ich nicht sterben kann, wenn es an der Zeit ist.

»Tod, laß deinen Sohn mich sein«, sagt Kosztolányi. Vielleicht lieber so: »Tod, du sollst mein Vater sein.«

Ein Buch von Jacques Heurog über die Etrusker. Man weiß nicht, woher sie kamen, sie sind absolut verschwunden, nur die Gräber sprechen von einer verfeinerten Kultur. In einer Zivilisation ist der Mensch fähig, Qualen mit durchtriebenen Einfällen zu steigern. Das Buch zitiert Vergil, der berichtet, daß ein Etruskerkönig, Herrscher von Caere (wo lag Caere?), lebendige Gefangene mit Leichen von Gefangenen zusammenband, Hände an Hände, Rumpf an Kopf, und sie so ließ, bis die Fäulnis der Toten die Lebenden auffraß. Vergil schüttelt den Kopf, das geht auch ihm zu weit.

18. März

Heute vor 40 Jahren am Abend ein Essen in der Wohnung in Buda. Noch ist alles an seinem Platz, zwei Dienstmädchen, die große Wohnung. Der Tisch wie im tiefsten Frieden gedeckt, Silber, Porzellan, alles, wie es sein muß. Um den Tisch die Familie, von den Teilnehmern an meinem Namenstag sind inzwischen gegangen Tante Julie, Schwager Gyuszi, Schwägerin Tuci, Alice Madách. Meine Geschwister leben noch. Auch ich, auch L., aber nicht mehr allzusehr. In jener Nacht wurde Budapest von den deutschen Nazitruppen besetzt. Alles zerbrach, das Leben, die Arbeit, Ungarn, die alte Ordnung und Unordnung. Ein kompletter Bruch. Ich war 44 und hatte eine schwere Krankheit hinter mir. Zwei Wochen später gingen wir nach Leányfalu, wie ins Exil, mit Hund und Dienstmädchen. Nun wird Budapest bombardiert, unser Haus erhält am letzten Tag der Belagerung 36 Geschütz- und Bombentreffer, alles ist kaputt. Die Hälfte meines Lebens blieb dort. Die zweite Hälfte begann, das Wandern, über Kontinente hinweg. Heute vor 40 Jahren ging der kaputt, der ich bis dahin war. Und ein anderer nahm Gestalt an, der ich heute bin. Auch der ist dabei, zu zerfallen.

Der März ist ein geheimnisvoller Monat. Der Monat der Überflutungen und der Revolutionen. Auch im persönlichen Leben tut sich etwas in diesem Monat, etwas Unheilvolles. Zum Beispiel mit meinen Augen.

11. April

LXXXIV. – Ein paar Anrufe, aus Washington, Rom, New York, Toronto. Ein Brief von meinem Bruder aus Budapest, er schickt mir eine Postkarte Vaters vom 12. April 1900, auf der er mitteilt, daß er einen Sohn bekommen hat. Dazu das Photo eines achtjährigen Jungen und eines vierjährigen Mädchens. Der Junge kommt mir bekannt vor, aber wüßte ich nicht, daß ich es bin, käme ich nicht darauf.

Große Müdigkeit. Vitamin C, hochdosiert. Lektüre: ungarische Gedichte, ungarische Literaturgeschichte. Ruhe, wenn ich an den Tod denke, Unruhe, wenn ich an das Sterben denke.

18. April

Der Schriftsteller, der heutzutage etwas anderes zu schreiben versucht als das, womit die Großindustriellen der Konsumliteratur den Leser füttern, gleicht einem Einbeinigen, der sich mit seiner Prothese zum Hundertmeterlauf nominieren lassen möchte.

Mein Gang ist taumelnd, wie Blondel, der Seiltänzer, der mit der Stange überm Niagarafall balanciert. Auf dem linken Auge sehe ich fast gar nichts mehr, lesen und schreiben kann ich damit nicht. Das rechte Auge funktioniert noch, mühsam, nebelhaft, ich weiß nicht, wie lange. Wenn auch dieses ausfällt, kann ich nicht mehr lesen, das ist es, was mir noch leid täte, alles andere vermisse ich nicht mehr. Erneuter Sturz von L. – zum Glück ungefährlich, ein Unfall im Bad –, wir sind zwei kranke, halbblinde Alte, die taumelnd einander stützen. Und immer das »Es könnte noch schlimmer sein«. Das stimmt ja.

Was ich lese, um Mitternacht, mit einem Auge: Borges, Erzählungen. Er war 55, als er zu erblinden begann. Er flüchtet sich in die arabische, die orientalische Mystik, seine Erzählungen stecken voller östlicher Metaphern, Gehirnübungen, Grausamkeiten. In solchen Geschichten drückt der blinde Schriftsteller den Zorn und den Haß aus, die der Zustand der Blindheit bei ihm hervorruft: Zorn und Haß auf die Welt und die Menschen, die er nicht sieht, nur tastet, hört und riecht ... Er schreibt über einen orientalischen Tyrannen, der »für wollüstige Zwecke sechzehn blinde Frauen im Harem hält«. Ein ausgezeichneter Beitrag in einem ungarischsprachigen Borges-Band, der jetzt in Bukarest erschien. Der Verfasser, Deák (ich kenne ihn nicht), stellt fest, daß Borges kein echter Mystiker ist und nur mystifiziert. Stimmt. Überhaupt ein niveauvoller Aufsatz, ermutigendes Signal der jungen Generation.

Einziger wirksamer Schutz vor der Armut ist die Bescheidenheit. Die Proletenmassen, die jetzt weltweit die Macht übernehmen, sind bettelarm und zugleich aufgeblasen unbescheiden.

Der westliche Prolet sitzt schon im Auto, der chinesische noch auf dem Fahrrad. Möglich, daß der Radfahrer es am Ende weiter schafft als der Prolet mit dem Auto.

Mai. Alles ist lautlos in Bewegung. So muß man arbeiten, still, ohne einen Laut, wie die Muttererde.

Volksdemokratisches Jammern und Klagen über das »Fehlen einer Romankritik«. Wo keine Gesellschaftskritik existiert, warum sollte es dort eine Romankritik geben?

Die Geburt ist kein Erlebnis, denn sie ist etwas Akzidentelles – sie geschieht einfach, ohne Absicht. Der Tod ist ein Erlebnis, denn er geschieht auch gegen unsere Absicht.

Was ich lese: zwei ungarische Literaturgeschichten. Das meisterhaft gedruckte kleine Literaturgeschichtchen von Beöthy aus dem Millenniumsjahr, protzig, aber nicht grundlos stolz. Die andere hat Nemeskürty geschrieben, zwei Bände, mit viel Gelehrsamkeit und Zutrauen, eher eine in einen populistischen Geschichtsrahmen eingebaute Literaturschau. Soeben in Budapest erschienen. Er spricht viel von »bürgerlicher Geistigkeit« und setzt entschuldigend hinzu, ein besseres Wort wisse er nicht ... Es gibt auch kein »besseres Wort«. Was es während des 1000jährigen Experiments an lebendiger Kultur in Ungarn gab, das war bürgerliche Kultur.

Habe die Auswahl für den Tagebuchband 1976–83 beendet. Es ist nicht wahrscheinlich, daß darüber hinaus zu meinen Lebzeiten noch ein Tagebuchband erscheint. Das Auswählen ging schwer, im Jahrhundert der Beschleunigung verändert sich alles unglaublich schnell, auch die Verlautbarung von Gedanken. Schopenhauer hat zum Ende hin gesagt, er lese nur noch Bücher, die vor wenigstens 50 Jahren erschienen – so viel Zeit war im vergangenen Jahrhundert nötig, damit sich in einem Buch der Inhalt »setzte«. Heute, 50 Jahre später, hat ein Gedanke einen anderen Klang als zur Zeit seiner Niederschrift. Das bemerke ich beim Auswählen aus den Tagebüchern.

9. Mai

Das einzig Unverständliche am Universum ist für den Menschen, daß es existiert. Die kosmischen Erscheinungen kann man analysieren und erklären. Doch die Existenz des Universums, die ontologische Tatsache, ist nicht zu »verstehen«. Ein großer Dichter, Berzsenyi, hat diesen Schauder anschaulicher ausgedrückt als die Astronomen in ihren Debatten über den Big Bang und die Steady-State-Theorie: »Dein Dasein ist hell wie die brennende Sonne, / Hinein aber kann unser Auge nicht blicken.«

Downtown. Dieses taumelnde, halbblinde Gehen auf den Straßen, jeden Augenblick drauf und dran zu stürzen. Schrecklich. Und es kam so plötzlich, wie der Coup, wie der Blitzschlag. Und irgendwie ist es nicht fremd ... Was Rivière über seine Sünden sagt (»au moins ils sont bien à moi«), paßt auch auf das Elend des Alters. Es gehört gleichfalls zu uns, organisch, au moins ...

Ein Besucher, 77jährig, wie im Zustand der Dekomposition. Er lobt die Wissenschaft, sie habe »die Lebenszeit verlängert«. Das trifft zu, aber das Lebensgefühl hält nicht mit der verlängerten Lebenszeit Schritt. Wenn jemand über die Achtzig noch hier ist, dann ist dies eher vegetatives Existieren als Leben; so einer lebt nicht mehr auf etwas hin, er lebt einfach nur.

22. Mai

Wir gehen mit unserem Besucher in das benachbarte Restaurant, das vorher eine Kirche war und mit hohen Kosten attraktiv ausgestaltet wurde; das Angebot ist luxuriös, die Preise ungebührlich hoch (drei Gerichte für drei Personen und dazu zwei Glas Wein 70 Dollar), der Ort insgesamt frivol, denn wo wir speisen, haben kürzlich noch die Gläubigen den Heiligen Geist angerufen. Das Barnumhafte wird dadurch gesteigert, daß auf der Empore, wo neulich noch die Orgel erklang, jetzt eine dicke Frau in einem roten Nachthemd Harfe spielt. Die zähe Rinderbrust mit solcher Sphärenmusik als Beilage, das ist typisch amerikanisches Showbusineß. Die Harfenklänge, der zähe Rinderbraten und das Publikum, das sittsam und verlegen an den Tischen sitzt und nicht weiß, ob hier wirklich alles seine Richtigkeit hat – diese Cowboy-Metaphysik ist fade und langweilig. Wenn so die Idylle des Paradieses aussieht – Harfenmusik und gefüllte Rinderbrust –, ist es nicht ratsam hinzugehen.

23. Mai

Der Kommunismus ist eine Tragödie, aber der wahre Gegner ist stets die in das »nationale« Kostüm gekleidete heuchlerische und habgierige Rechte.

6. Juni

Heute vor 40 Jahren D-Day. Das Haus und die Wohnung in Buda standen noch. Wir in Leányfalu. Drei Monate später war alles zerstört. Auch die Lebensform, um die es mir nicht leid tut. Dann noch drei Jahre in Budapest, schließlich die Auswanderung. 36 Jahre in Neapel, New York, Salerno, Kalifornien. Das halbe Leben. Was ich noch schreiben wollte, habe ich im wesentlichen geschrieben. Jetzt, halbblind, taumelnd, ohne sonderlichen Protest, das Ende.

8. Juni

Ich bin nicht gesund, und mit 85 Jahren bin ich reif für den Abgang; das meinen auch meine Zeitgenossen, denn die Zahl der Pränekrologe wächst: in Australien ein »Gedenkabend«, in Österreich eine mehrseitige deutschsprachige Abhandlung, in einer ausländischen Zeitschrift eine umfangreiche Monographie – samt und sonders Abschiedsworte. Es ist nicht uninteressant, seine eigenen Nachrufe zu lesen, aber die meisten erinnern an ein Panoptikum, wenn man an Zerrspiegeln vorbeipromeniert und sich als Zwerg mit Blähbauch oder als endlos lange Bohnenstange oder sonstwie sieht. Und es stimmt, daß wir nicht nur die sind, die wir sind, sondern auch so, wie andere uns sehen; besonders der Zerrspiegel.

Wenn ich gelegentlich in die Stadt gehe und die Straße überqueren muß, bieten mir fremde Leute spontan ihre Hilfe an, weil sie meinen schwankenden Gang und mein halbblindes Tappen bemerken. Hin und wieder setze ich mich auf eine Bank; auch kurze Wege ermüden mich. Heute setzte sich in der Stadt ein merkwürdiger Mensch zu mir: um die Siebzig, auf dem kahlen Kopf ersetzten ein

Backenbart und wehendes schneeweißes Nackenhaar das Haupthaar. Er trug einen breitkrempigen Texashut, eine Weste mit Metallknöpfen, ein gestreiftes Cowboyhemd und kurze, hochhackige Frauenstiefel. Er suchte einen hellblauen Kamm hervor und kämmte sich sorgfältig die wolligen Brauen. Wie einer, der in einem volkstümlichen Schauspiel als texanischer Zuhälter verkleidet auftritt. Die menschlichen Verzerrungen kennen keine Grenzen. Wenn mir eine Nonne im Bikini entgegenkäme, wäre ich nicht mehr überrascht.

20. *Juni*

Ich habe das Manuskript des *Tagebuchs 1976–83*, die ausgewählten Eintragungen, zur Post gegeben. Vermutlich ist das der letzte Tagebuchband, der in meinem Leben erscheint. Anmerkungen zu schreiben verspüre ich wenig Anreiz, als hätte ich Überstunden gemacht; es ist ohne Sinn, etwas zu notieren und ins Nichts zu schreiben.

Jede Nacht ungarische Gedichte. Und Literaturgeschichtliches. In jeder Epoche war die ungarische Literatur eine erstaunliche Kraftanstrengung.

Der erste Tag des Sommers. Sommer: Himbeeren, Fichtenduft, Quellwasser, sinnenprall. Die Sommer in Kaschau, oben im Wald.

22. *Juni*

Eine katholische Zeitschrift in Ungarn (denn auch das gibt es, aus taktischen Gründen) veröffentlicht ausgewählte Tagebuchnotizen des kürzlich verstorbenen begabten Lyrikers und Ästheten György Rónay. Er bezeichnet sich als katholischen Dichter und beteuert ohne Unterlaß, daß er glaube; er glaube bedingungslos, glaube alles, was die Religion verkündet, glaube um jeden Preis … Dieser ehrbare, begabte und gebildete Dichter meint es bestimmt ehrlich, wenn er »glaubt«, aber dieser marktschreierische, mitunter lamentierende, starrkrampfige »Glaube« erinnert an das, was die Franzosen »Flucht nach vorn« nennen. Wer so glaubt, strebt nicht nach etwas, sondern flieht vor etwas. Zum Beispiel vor der Todesfurcht. Ich mißtraue diesem »Glauben«, der wehleidigen Beteuerung, es gebe eine Vorsehung, in allem stecke Vorsehung, alles sei nur Vorsehung … Ich bin auf meine alten Tage soweit, daß ich an nichts glaube, aber auch nichts leugne, woran man glauben kann. Hoffentlich gibt es im Universum Bewußtsein, aber das ist nur eine Hoffnung. Vielleicht gar keine aufrichtige Hoffnung. Jede konfessionelle, fundamentale Religiosität erinnert mich an Gide, der geschrieben hat: »Paul Claudel glaubt, man kann auch im Schlafwagen in den Himmel reisen.«

Habe mir das abgebrochene Manuskript des Krimis vorgenommen und versuche es zu beenden. Ich verspüre keinen besonderen Anreiz, noch einmal zu »schreiben« – wie ein alter Geck, der sich den Hut aus der Stirn schiebt und noch einmal den jungen Draufgänger mimt. Geziemender wäre es zu verstummen. Aber schweigen ist langweilig.

23. Juni

Der erwähnte György Rónay nennt mich in einer Randbemerkung einen »balkanischen Erasmus«. Ich nehme die Benennung an; lieber bin ich ein balkanischer Erasmus als ein volksdemokratischer Petőfi.

Erster Sommertag. Die Luft ist schwer, riecht wie Blei. Schwer gehe ich auch, schreibe, lese. Aber noch gehe ich, schreibe, lese. Nietzsche sagt: »Was mich nicht umbringt, macht mich stärker«, aber das ist nicht sicher. Manchmal wird man nur schwächer von etwas, das einen nicht umbringt. Doch die alltägliche Kraftprobe des Existierens, Denkens und Bewußtseins gibt irgendwie Eigengewicht, wenn auch nur für Augenblicke.

29. Juni

Nebelritter der Emigration: der »Dissident«, der mit der Rückfahrkarte in den Westen geht. Dort kassiert er seine Anerkennung, dann kehrt er im Besitz der Rückfahrkarte erhobenen Hauptes in die verlassene kommunistische Heimat zurück, wo die Genossen sich fröhlich die Hände reiben. So pendelt er, der Dissident.

Mit einem Auge (auf dem linken sehe ich weiterhin nicht, kann kaum schreiben und lesen, Landschaften und Häuser nur in Umrissen, Farben gar nicht) und am Stock jeden Tag, taumelnd, eine Stunde Spaziergang. Nachts, mit einem Auge, zwei Stunden Lesen. Ungarische Literaturgeschichte (Nemeskürty, eher eine Anekdotenchronik als Literaturgeschichte), englische und amerikanische Zeitschriften (eine analytische Abhandlung über den »Mama-Komplex« von Michelangelo und ähnlich irre Geistesakrobatik), nach Mitternacht ungarische Gedichte, meistens aus dem 16. und 17. Jahrhundert. Manchmal Gibbon, über die Zeit der Apostasie.

Ein altes Adreßverzeichnis. Lediglich von drei Lebenden finde ich noch die Namen, die anderen sind weit weg verzogen, ohne Anschrift; sie sind gestorben.

Jede schlechte Absicht wirkt eher beruhigend als furchteinflößend: Man weiß wenigstens, daß der Mensch jederzeit zu jeder Schandtat fähig ist. Überraschungen ausgeschlossen!

30. Juni

Am Nachmittag erwache ich aus dem Schlummer mit einem bisher nie beobachteten Herzklopfen. Dazu Schwäche. Der Arzt hat sich letztens am Kopf gekratzt, als er das Elektrokardiogramm betrachtete. Vörösmartys Zeilen »Dein Blut verdickt, dein Hirn versiegt« sind auf solche Symptome gedichtet. Ich erkenne nicht, daß mein Hirn versiegt, ich habe Gedanken und kann sie ausdrücken; aber daß ich keine Lust zum Schreiben habe, ist ein Symptom.

Auf der Balboa-Promenade liegt ein Lumpenbündel, näher besehen: ein Mensch. Barfüßig, jung, in tiefem Schlaf. Einer von den Tausenden täglicher »Naßrücken«, die aus Mexiko einsickern. Hier und in den angrenzenden Staaten sind mehrere Millionen von ihnen, die meisten arbeiten auf Feldern, man jagt sie wie Zieselmäuse, aber vergeblich. Auch der hat es irgendwie über die Grenze geschafft, ohne Schuhe, ohne Kleidung, ohne alles. Jetzt schläft er erschöpft. Polizei ist hier selten, niemand stört ihn, auch wir nicht. Es ist so schwer, ein Mensch zu sein.

1. Juli

Samisdat. In einem Land, wo jeder Ballen Papier, außerdem die Vervielfältigungsgeräte und die Verbreitungsmöglichkeiten unter Polizeiaufsicht stehen, werden solche »geheimen« Presseprodukte vermutlich mit dem Wissen der Behörden produziert – auch wenn die Mitarbeiter nichts davon wissen und gutgläubig sind. Wahrscheinlicher ist es aber, daß sie davon wissen; die Behörde braucht solche »Widerständler« wider Willen, denn unter den

Voraussetzungen für ausländische Kredite sind manchmal die Freiheitsrechte aufgeführt. Der Samisdat ist dann ein Alibi – aber nur so, wie die Opposition in England Her Majesty's Opposition ist.

8. Juli

Don Juan. Angeblich nimmt man sich im Vatikan von Zeit zu Zeit seinen Heiligsprechungsprozeß vor. Möglich, daß er auf seine Weise ein Heiliger war, denn der große Schürzenjäger suchte nicht die Gunst der Frauen, sondern irgend etwas in ihnen.

Hitzewelle. Mit 84 Jahren ist es, als begänne der Organismus in einer Pökellake zu zerfallen.

Jede Nacht Gedichte. Gestern Babits. Und doch war er in diesem Jahrhundert der größte Dichter. In jedem Vers der gleiche Pulsschlag, der gleiche sinnliche, himmlische Strom. Einen solchen Pulsschlag hatte Attila József, explodierend und erlöschend.

10. Juli

L.s Augenleiden und mein Gesundheitszustand lassen kein Reisen zu, und in einem anderen Alter wäre ich deswegen sehr betrübt, denn das Reisen war in meinem Leben vielleicht die einzige echte Leidenschaft. Aber die Reiseabstinenz ist jetzt erträglich; ein Reisen, wie ich es in meinem so langen Leben betrieben habe – sinnliche Annäherung an die Welt –, gibt es nicht mehr. Kein »Reisen« im Sinn des Ulysses. Es gibt nur noch den Ortswechsel.

20. Juli

Einige Straßen weiter ist um vier Uhr nachmittags ein Mann in eine Imbißstube getreten, er hielt eine Waffe im Anschlag und forderte, daß sich die Gäste und das Personal bäuchlings auf den Fußboden legten, dann machte er eine Stunde lang Zielschießen auf die liegenden Opfer. Er war ganz ruhig, immer wieder lud er nach, er beobachtete, wer noch lebte und sich verdächtig machte, indem er sich scheintot stellte, der bekam dann noch einen Schuß. Hin und wieder schoß er durch die Glastür auf die Straße und traf Passanten. Die Polizei umstellte das Gebäude, und nach einer Stunde traf ein Scharfschütze von der Straße aus den Massenmörder. Insgesamt wurden 22 Menschen getötet, darunter drei Angestellte. Am Abend äußerte sich die Witwe auf dem Bildschirm. Sie sagte, ihr Mann hätte gelegentlich »Stimmen gehört«. Das ist möglich. Manchmal flüstert einem der Teufel etwas zu. Wir müssen ihn nicht suchen, er ist ganz nahe, in uns drinnen.

21. Juli

Das Leben imitiert die Literatur. Was gestern in der Nachbarschaft geschehen ist – die Ermordung von 22 Menschen, geplanter Raub ohne politische Manifestation, eindeutig eine »action gratuite« –, habe ich vor ein paar Jahren in meinem Einakter *Ungeladener Gast* beschrieben. Mein Bühnenheld, der gestern Gestalt annahm, mordet gleichgültig, ohne Zorn, kommt daher wie ein Erdbeben, eine Springflut. Schaden will er keinem. Er will nur morden, weil ... weil er ein Mensch ist.

Schwäche wie vor dem Tod, wenn man nicht mehr protestiert. Noch gehe ich, am Stock. Aber ich schreibe und denke auch so, am Stock.

22. Juli

In einer Rezension wird die »Unzuverlässigkeit« Gibbons erwähnt. Ich lese fast jede Woche ein paar Seiten von diesem ausgezeichneten Historiker und wundere mich manchmal, wie er bei den beschränkten Möglichkeiten, Daten aus dem 18. Jahrhundert zu beschaffen, all das zu sammeln und dann in einem Anhang zusammenzustellen vermochte, was in antiken und späteren Quellen verzeichnet ist. Der Reichtum an Daten ist erstaunlich. Vielleicht konnte er nicht alle Quellen überprüfen, aber das Gesamtwerk, das er so schuf, ist nicht »unzuverlässig«, sondern bewunderungswürdig. Den Wert eines großen Werkes entscheidet nicht, woher es die Mauersteine und Dachziegel nimmt – sondern einzig, was der Verfasser aus den Mauersteinen und Dachziegeln baut.

Der »Schriftsteller« als gesellschaftliche Person ist ein irreführender Begriff – wie der »Heilige« oder der Schamane ... Es gibt Menschen, die ihre Gedanken schriftlich ausdrücken. Aber ins Adreßbuch einbringbare Personen, die »Schriftsteller« sind – wie es den Zahnarzt oder den Rundfunkmechaniker gibt –, existieren nicht. Jeder, der in gesellschaftlichem Sinn »Schriftsteller« ist, macht sich verdächtig.

30. Juli

Seit Monaten zum erstenmal am Ozean. Anderthalbstündige Rundfahrt in der Bucht mit einem kleinen Schiff. Ein bißchen die Illusion von der Heimkehr des Ulysses. Im Ozean ist alles enthalten, auch die Heimat.

Auf der kurzen Fahrt sorgt ein junger Steward für uns zwei alte Touristen; er bringt Erfrischungsgetränke und

Sandwiches, wofür er kein Geld haben will, und als wir an Land gehen, eilt er, uns ein Taxi zu besorgen. Das alles ohne die Hoffnung auf und die Bitte um ein Trinkgeld. Er mag zwanzig sein, hat bei der Marineinfanterie gedient und stammt aus Michigan, möchte aber hier in San Diego leben. Diese Hilfsbereitschaft ist in der amerikanischen Gesellschaft noch lebendig. Man ist egoistisch und raffgierig und zugleich großzügig und hilfsbereit. Italiens Markenzeichen war immer die Höflichkeit – das ist vorbei. Eher gilt es für Amerika, das »geldsüchtige«.

7. August

Ági ist gestorben. Vor 40 Jahren führte ich sie an der Hand durch ein Spalier von Pfeilkreuzler-Gendarmen aus Losonc, wo sie versteckt worden war, nach Budapest zu einer Zuflucht, wo man bereit war, ein jüdisches Kind zu verbergen. Da war sie acht Jahre alt. Sie starb in Tel Aviv, sie war Ärztin und plagte sich seit einem Jahr mit einer Krebskrankheit. In ihrem letzten Brief schrieb sie, inzwischen finde sie mehr Gefallen an meinen Büchern, denn man »reife« ja. Die Ärmste, nun war sie reif fürs Sterben.

Was ich lese: Nemeskürty, ungarische Literaturgeschichte bis 1946. Über die Literatur der ungarischen Renaissance und des Barocks schreibt er mit Gelehrsamkeit, er hat viele Daten zusammengetragen. Manchmal Gibbon, jetzt über die Wandalen, Placidia. Noch einmal den zweisprachigen (griechisch-französischen, das Griechische verstehe ich nicht) Mark Aurel.

Gestorben ist ein bekannter Filmschauspieler, Burton. Das Photo zeigt einen sympathischen Trinker – denn das war er, ein hoffnungsloser Trinker. Sein fast einfältiges Säufergesicht tut wohl. Endlich ein aufrichtiges Gesicht auf der Filmleinwand – der Held, der sich wegsäuft. Das ist »menschlich«, das erquickt den Zuschauer. Ein Mann, der nicht mordet und sich nicht umbringt, der nur trinkt. Bravo, Richard Burton.

Aber das Photo weckt auch meine unvergängliche Abneigung, wenn ich von Film und Filmleuten höre. Ich kann mich mit allen Schichten der Gesellschaft verständigen, freuen und grämen. Aber zwei gibt es – die Bauern und die Filmemacher –, mit denen ich nie ein Wort wechseln mochte und es auch heute nicht kann. Sie sind mir so fremd wie die Eskimos oder die Hindus.

16. August

Tropen. Mir schwindelt beim Gehen. Und dieses tropische, benommene Herumlungern behagt mir. Es ist wie seinerzeit im Leben.

Erinnerung an meinen Vater. Liberal war er, und konservativ. So wie die Besten aus seiner Generation, aber nie wußte man mit Sicherheit, ob sie eher liberal als konservativ oder eher konservativ als liberal waren. – Die Zeit, die die ihrige war – vom Ausgleich bis zum Ersten Weltkrieg –, erscheint einem heute als Zeit des Friedens, des Rechts und der Prosperität. Nachts lese ich Gedichte von János Vajda, Lauka und Dayka, sie toben gegen den Geist des Ausgleichs, gegen die Leugnung der Ideen von 1848, die habgierigen Raffer und Amtsjäger. Wie heute ... Immer, zu allen Zeiten, stimmen die Symptome der Korruption überein, aber heute erfahren wir schneller etwas über sie, und mehr.

Soziographie, als Roman. Der Schriftsteller beschreibt gewissenhaft das Leben und die Gewohnheiten von Menschen, die einer bestimmten Klasse angehören. Er schreibt nur nicht darüber, daß der Mensch keine statische Abbildung ist, sondern Handlung.

21. August

In der Nacht Mark Aurel, *Biblion II*, zweisprachig. Darüber, daß Zorn des Menschen unwürdig ist; wer zürnt, demütigt sich. Dann Gibbon, Chapter Thirty-four. Beschreibung und Charakteristik des Attila: ein kleinwüchsiger, mißtrauischer mongolisch-hunnischer Räuberhauptmann mit flachem Schädel und stechendem Blick, der sich nur mit *einer* Beute zufriedengibt, der Weltmacht, und mißlaunig ist, weil er nichts von Philosophie versteht und seine Untertanen, die Hunnen, sich erst recht nicht mit geistigen Aufgaben abplagen; sie können weder schreiben noch lesen und deshalb auch die ruhmreichen Heldentaten des Großen Tyrannen nicht verewigen. Ein wenig befremdet schreibt Gibbon, daß die Ungarn »ambitiously« den entfernten Verwandten Attila zu ihren Königen rechnen.

25. August

Am Meer, unter dem Sturm verkündenden bleifarbenen Himmel, habe ich eine alte Möwe beobachtet, die regungslos in der Höhe stehend das Ufer abspähte. Streichholzbeine hielten den schweren, reich gefiederten Vogelkörper, der harte Hakenschnabel, eine für Kämpfe auf dem Wasser und dem Lande geschärfte Waffe, ragte, einem Dolch in der Scheide ähnlich, in die Luft, und Augen von dunklem Glanz an beiden Seiten des Kopfes lugten gleichzeitig nach rechts und links. Nach vorn sieht sie nicht, den Horizont kennt sie nur in der Perspektive der rechten und der linken Hemisphäre. Ähnlich wie ein Ideologe, der die menschliche Welt allein aus rechter oder linker Sicht kennt. Doch man kann auch geradeaus sehen, nach vorn ... Dazu braucht man eine Stirn und in ihr Augen.

Im Fernsehen die Nominierungsversammlung der Republikaner für die Präsidentenwahl in Dallas. Vergleichbar mit einem Hippiefestival, einem brüllenden, hopsenden, fahnenschwenkenden, kreischenden und klatschenden, berauschten Volksfest. Zugleich schreibt diese hysterische Menge Geschichte, wenn sie Reagan für weitere vier Jahre nominiert. Ich weile seit 32 Jahren in Amerika, habe achtmal die Hysterie der Präsidentenwahl erlebt und sehe jetzt auf dem Bildschirm zum erstenmal den eigenartigen Akt, der aus menschlicher Leidenschaft, Aberglaube und Hysterie besteht. Ich beobachte einen historischen Akt, in meinem Zimmer, allein. Auch das ist ein Symptom der Veränderungen, die sich in diesem Jahrhundert vollzogen haben. Den Machtantritt Cäsars oder Napoleons und hernach alles, was über kurz oder lang folgte, konnten die Zeitgenossen nicht sehen, wohl aber erleben. Ich bin nicht mehr nur Zeitgenosse, sondern auch Augenzeuge.

3. September

Labor Day. Einer Rundfunkmeldung am Nachmittag zufolge sind von den für den Feiertag veranschlagten 550 Verkehrsunfällen mit Todesopfern 270 bereits eingetreten. Die restlichen haben noch bis zum Abend Zeit.

In einer seriösen Lokalzeitung ruft eine ganzseitige, mit Photos angereicherte und als Reportage maskierte Anzeige die Sterbenden auf, ihre letzten Tage in der hiesigen Mercy-Klinik (einer Einrichtung mit gutem Ruf, dort wurden auch L.s Augen operiert) zu verbringen, da man nirgends so bequem und mit so aufmerksamer Betreuung sterben könne wie dort. Der Sterbende muß ausdrücklich an einer

»terminal illness« leiden, also ein hoffnungsloser Fall sein, dem nicht mehr zu helfen ist. Die Krankenhäuser stehen großenteils leer, weil auch die Versicherungen die wuchernden Pflegekosten (400 $ pro Tag im Mehrbettzimmer) nicht mehr tragen können; die Schwerkranken bleiben lieber zu Hause und schlucken ein Aspirin, das ist billiger, wenn man auf den Tod wartet. Diese kommerzielle Anpreisung des Sterbens ist etwas typisch Amerikanisches, anderswo gibt es dafür wahrscheinlich kein Beispiel.

8. September

Tagsüber geht man besser nicht hinaus, gelber Nebel und verschmutzte Heißluft legen sich auf alles, wie Cyan in der Gaskammer. Die Atmosphäre saugt die Lebenssäfte aus dem menschlichen Körper, es ist, wie wenn man das Abwaschwasser aus dem Schwamm drückt. Die Tropen kommen ins Haus und lecken mit Flammenzungen.

Schriftsteller, die mehr und etwas anderes über den Menschen und seine Situation hervorbringen wollten als Tratsch und Märchen, gab es immer nur wenige. Aber sie waren denen nahe, über die und für die sie schreiben wollten. Es gibt sie auch heute, und sie sind auch heute nur wenige, aber vom Leser trennt sie eine Distanz wie den Säulenheiligen, der auf den unversehrten Kopf einer Säule einer ruinösen Zivilisation flüchtet; dort hockt er hoch über den Massen, Raben speisen ihn mit Sandwiches und Coca-Cola, ab und zu brüllt er hinunter zu der Menge, und weil er nicht anders kann, entleert er sich auch aus der Höhe. Solche Säulenheilige sind die paar Schriftsteller, die es heute noch gibt.

11. September

Jede Nacht, bevor ich das Licht lösche, ein Gläschen Mark Aurel (auf französisch). Im IV. Buch diese Eintragung: »Rien ne vient du néant, comme rien ne retourne au néant.« Perfekt. Aber »es gibt« etwas – das Bewußtsein –, das aus dem Nichts kommt und nach einem kurzen Umweg ins Nichts zurückkehrt.

Zwei kleine Mädchen – ein und drei Jahre – setzte der Vater nach einem Streit in das vor dem Haus geparkte Auto, dann reiste er nach Texas. Die Mutter wußte (angeblich) nicht, wo die Kinder waren, die Eltern hatten sich gestritten. Die Kinder blieben an dem enorm heißen Tag und in der kaum weniger heißen Nacht im Wagen und starben. Nachricht vom Tage.

18. September

Seit Tagen tropische Hitze. Auf der Straße, in den Zimmern Tag und Nacht feuchtwarme Luft. Klimaanlage hilft nicht, die ermattende, aufdringliche, uns wie ein Blutegel aussaugende Hitze durchdringt alles. »Some say the world will end in fire / some say in ice …« Ich weiß nicht, was schlimmer wäre. Nebelhafte Erinnerung an etwas, das »gemäßigte Klimazone« genannt wurde. Nicht nur in meteorologischem Sinn.

Lektüre in den letzten Wochen: Literaturgeschichte des kommunistisch orientierten ungarischen Historikers Nemeskürty. Ein Lesebuch, geschwätzig. Auch über mich ein paar schulterklopfende Schluchzer. 1945 schneidet er die Geschichte der ungarischen Literatur ab, wie man einem Hund den Schwanz kupiert. Die *Bürger von Kaschau* erwähnt er nicht, wahrscheinlich erinnert er ungern an die Szene, wie auf der Bühne des Nationaltheaters Somlay und die Bürger mit der Faust auf den Tisch schlagen und brüllen: »Ohne Recht kein menschliches Leben!« Daran erinnert man sich heute besser nicht; aber auch vor 40 Jahren war es nicht zeitgemäß. – Jede Nacht, bevor ich das Licht ausmache, einige Maximen von Mark Aurel. Alles ist Ruhe und Schönheit. Gestern die Stelle, wo er schreibt, daß der Mensch dann wirklich stark ist, wenn er nicht nur Schicksalsschläge ohne innere Erschütterung erträgt, sondern auch Kränkungen. – Ein Roman von Joseph Conrad, *The Arrow of Gold*. Ich habe lange keine Belletristik gelesen, an Conrad hatte ich gute Erinnerungen. Das Buch ist langweilig und verstimmt mich. Es will sehr englisch sein, aber das ist es auf polnische Weise. Die Figuren sind romantisch, nicht romanhaft. Conrad war ein begabter Schriftsteller, er sah sich um in der Welt, blieb jedoch irgendwie provinziell. – Die kleine Literaturgeschichte von Beöthy aus dem Millenniumsjahr. Einige mutige Zeilen darüber, daß der ungarische Geist seinen Schwung immer von Fremden bezog. – Manchmal Gibbon, jetzt die Zeit Attilas und Aetius'. Ungarische und amerikanische Zeitschriften, ohne Begeisterung. Ich versuche, den Krimi fortzusetzen.

Zum erstenmal im Leben persönliche Begegnung mit einem echten Roboter: Die Bank, wo ich auf einem Konto mein Geld habe, schickt mir eine Plastikkarte mit dem Namen Versatel, die ich in die Öffnung einer in eine Wand der Bank eingelassenen Maschine schieben muß, danach drücke ich einige Knöpfe, und Sekunden später fällt der gewünschte Betrag auf einen Metallteller, in nagelneuen Scheinen. Ohne Unterschrift und Bestätigung ... Alles macht der Roboter, er kontrolliert die Echtheit der Karte und die Deckung des Kontos, zahlt aus und überreicht mir einen gedruckten Streifen, der die Sache bestätigt und mir zeigt, wieviel Geld auf dem Konto geblieben ist. Das alles ist gespenstisch und beängstigend. Die Betrugsmöglichkeiten sind erschreckend, aber damit rechnet die Bank. Perfekte Ausschaltung der menschlichen Arbeitskraft. Was wird aus dir, Menschlein?

28. September

Vormittags mit L. am Meer, im Fischrestaurant. Auch mit dem Taxi ist so ein Ausflug beschwerlich, jeder Schritt von L. unsicher, das Ein- und Aussteigen geradezu eine akrobatische Leistung. Wir gehen tappend, die Ende-September-Sonne sengt. Und trotzdem, auch so ist alles wunderbar.

Jede Nacht ein paar Zeilen Mark Aurel. Das stoische Sichabfinden mit dem Schicksal scheint mir ein wenig bequemlich. Eine schöne und edle Haltung, aber vertrauter ist mir Faust, der keine Ruhe gibt und immer wieder fragt.

9. Oktober

Der Verdacht, die Briefe der portugiesischen Nonne Maria Alcoforado seien »gefälscht«, ist auch anderen gekommen. In einem Bericht lese ich von der Vermutung, die berühmten Briefe habe nicht die ungebildete 20jährige Nonne geschrieben, vielmehr sei eine schriftkundige Person an solche Schriftstücke herangekommen und habe sie zur Perfektion geschmirgelt. Denn ein Mann kann nie mit der wahnwitzigen Leidenschaft schreiben, wie sie in den Briefen glüht, und eine junge Nonne kann nicht mit solch handwerklicher Vollkommenheit schreiben, wie die Briefe sie ausweisen. Jede große Schrift setzt das stammelnde Lebewesen und den kundigen Meister voraus. Beides zusammen trifft man selten an.

Korrekturen am Material für einen Tagebuchband (vermutlich den letzten); mich überrascht, wie schnell jeder Eintrag heutzutage veraltet, sich wandelt, Geschmack und Klang verliert. Notizen von 1976; damals, vor acht Jahren, treffende und vielleicht überzeugende Zeilen wirken heute wie staubige, veraltete Anmerkungen zu einer weit zurückliegenden Zeit. Manchmal sind auch die vermerkten Tatsachen – Reisen, Geschwindigkeit, Nachrichten – nicht mehr zeitgemäß, in einem Jahrzehnt haben sich die Zahlenwerte geändert; was schnell, treffend und aktuell war, klingt heute nach altmodischem Seminar und wirkt überholt.

Ein ungarisches Bändchen, sein Titel: *Liebe*. Eine Auswahl von Seneca und Ovid bis Maurois und Jókai, bestehend aus Weisheiten, die die Natur und Eigenart der Liebe analysieren. Eingestreut ein paar Zwischenreden von mir, an die ich mich nicht erinnern konnte. Keine dieser Definitionen – und auch ich nicht – erwähnt, daß es tiefe, wahre, glühende Liebe gänzlich ohne Sex gibt und wilde, leidenschaftliche, sinnliche körperliche Verbindungen ohne jede Spur von Liebe.

10. Oktober

Einer der Stimmenfangtricks vor der Präsidentenwahl ist das Fernsehduell, das Reagan und Mondale 90 Minuten lang vor der Öffentlichkeit austragen. Der 74jährige Präsident und der 54jährige Gegenkandidat zeigen vor einer ansehnlichen Gruppe geladener Journalisten mittels Worten, Händen und nicht zuletzt Beinen (für Reagan, den Älteren, ist es nicht leicht, anderthalb Stunden auf den Füßen zu stehen und Antworten mit Hand und Fuß zu geben), wer ein ganzer Kerl ist und in den folgenden vier Jahren Präsident des mächtigsten Reiches auf Erden sein sollte.

Das Duell ist eine »Prüfung in Demokratie« – das dämliche Volk bewertet nicht die staatsmännischen Fähigkeiten der Kandidaten, sondern den Einsatz, die Schlagfertigkeit, die schauspielerischen Fähigkeiten, das Mienenspiel, die Gestik ... Das alles ist erschreckend. Am Tag darauf schreiben die Zeitungen, Mondale, der Jüngere, habe geschickter geboxt als der müde, alte Veteran Reagan ... Es fehlte nur noch die Werbung, die zwischen Frage und Antwort dem Zuschauer sagt, wen und was er gegen Weltkatastrophen und Mundgeruch machen soll.

13. Oktober

Eine Schallplatte: Angehörige des Stammes der Kung aus der Wüste Kalahari, Männer und Frauen, musizieren und singen. Das Stimmengemisch klingt urmenschhaft. Wie die Rede nicht mit Wörtern, sondern mit Empfindungslauten begann, so war die Musik zur Zeit des Erwachens keine Melodie, sondern Rhythmus.

In Houston haben 16jährige einen Selbstmordklub gegründet; in den vergangenen sechs Wochen nahmen sich sechs nach einem vorgegebenen Ritual das Leben.

22. Oktober

In der Nacht urplötzlich die Gewißheit, daß ich sterblich bin – nicht die Möglichkeit, sondern die Tatsache. Es war nicht beängstigend.

Was ich lese: den letzten Band der *Thibaults*, *Monsieur Bergeret à Paris*. Vor 50 Jahren galt dieser Roman als klassisch, und er ist es auch heute: perfekt in seiner Art. Aber mehr nicht.

Die ungarische Exilliteratur verfügt heute über ähnliche Möglichkeiten wie Siebenbürgen in der ersten Hälfte des 17. Jahrhunderts, als es neben dem von den Türken im Würgegriff gehaltenen Ungarn relativ unabhängig existierte und die siebenbürgische Intelligenz die Chance nutzte, das bewahrende Selbstbewußtsein des Ungartums in der Literatur zu suchen. Aber die heutige ungarische Intelligenz im Exil blickt mit zynischer Gleichgültigkeit auf die ungarische Auslandsliteratur.

31. Oktober

Einem herzkranken Neugeborenen wurde ein Affenherz implantiert. Noch lebt das Kind. Darwin meint, der Mensch habe sich aus dem Affen entwickelt. Jetzt kehrt sich das Ganze um: Aus dem Menschen könnte ein Affe werden.

Indira Gandhi, die Ministerpräsidentin Indiens, wurde von zwei Leibwächtern erschossen. Indien ist ein religiöses Land. Die Kühe sind heilig, nur auf Ministerpräsidenten darf man schießen.

Ich bin nicht gesund, irgendwas nagt in mir, vielleicht der Krebs, wie bei meinem Vater, oder das hohe Alter saugt einfach die Lebenssäfte ab ... Das Sterben beginnt damit, daß man es nicht mehr für unmöglich hält zu sterben. 84 Jahre lang habe ich es niemals für möglich gehalten, und ich hatte recht.

Amnesty International in London hat ein Jahrbuch der Grausamkeiten herausgegeben, auf 380 Seiten wird aufgezählt, wie grausam man in den verschiedenen Ländern der Welt ist. Wie aus einem Warenhauskatalog erfahren wir, daß in allen Ländern aller Kontinente Regierungen,

Parteien, Interessenverbände, politische, religiöse und ideologische Organisationen Grausamkeiten begehen. Die Grausamkeit ist die Katalysatorschwelle, wo die Menschheit harmonisch aktiv ist.

2. November

Die Toten. Sie finden kaum noch Platz in meiner Erinnerung, so viele sind es. Eine Überbevölkerung gibt es nicht nur in der Welt der Lebenden. Auch im Jenseits herrscht großes Gedränge.

Die *Thibaults* sind 1925 erschienen. Heute wirken sie wie ein historischer Roman aus dem 18. Jahrhundert; altertümliche, unverständliche Charaktere, Bräuche und Probleme. Diesen Eindruck habe auch ich, der ich das alles erlebt habe. Einem 30jährigen Leser mögen die *Thibaults* heute wie ein historischer Roman vorkommen, wie *Ivanhoe* oder dergleichen.

13. November

Was ist Energie? Vielleicht »das Wort« in dem Sinn, wie es in der Genesis geschrieben steht, das »im Anfang« war?

Das Kind, das ein Affenherz bekommen hat, liegt im Sterben. Die Tierschützer protestieren gegen die unnötige und sorglose Affenherzverschwendung.

Die »Star of India«, ein dreimastiges, 100 Meter langes, aus Eisen gebautes Frachtschiff – das erste, das vor 120 Jahren von Kalifornien aus die Seereise nach Indien antrat –, wurde wieder aufgetakelt und unternahm eine Spazierfahrt durch den Hafen. Jahrzehntelang hat sie als gnadenwürdiges Meisterwerk der Hochseeschiffahrt im hiesigen

Meeresmuseum vor Anker gelegen. Vor zwei Jahren war ich an Bord, ich sah mir die Kajüten an und alles, was von der Segelkunst noch übrig war. Mit anderthalb Dutzend Segeln auf Reisen zu gehen ist ein respektables Unternehmen. Im Zeitalter der Raumschiffe, die mit 24 000 Meilen pro Stunde um die Erde kreisen, zeigt dieses Schiff auf anrührende Weise, wozu der Mensch imstande ist, wenn er mit gelassenem Wollen aufbricht, auf der Erde, auf dem Wasser, um die Erde. Es gibt keine Grenze – Grenze ist allein er, der Mensch.

Während das alte Segelschiff in der Bucht paradiert wie das letzte Exemplar einer vom Aussterben bedrohten Tierart im Zoo, kreist das Raumschiff Discovery mit fünf Astronauten an Bord den fünften Tag um die Erde. Sie machen Jagd auf einen künstlichen Erdsatelliten, der vor einem Jahr gestartet wurde, um über Funk Nachrichten zu übermitteln, aber irgendwie hatte das Steuersystem versagt, der Satellit war von der vorgesehenen Bahn abgewichen, und die beiden Astronauten patrouillierten jetzt 1600000 Meilen durch das All, bis sie den Ausreißer fanden, an die Leine nahmen und mit bloßen Händen in das Raumschiff hoben, um ihn zur Erde zurückzubringen, wo er repariert und erneut gestartet werden soll. Die Astronauten schwebten ohne Sicherungsseil zwischen dem Raumschiff und dem Satelliten, bis sie ihn schnappen und fesseln konnten. Das alles steht in der Zeitung. Inmitten meiner vielen Sorgen habe ich beim Lesen einen Augenblick das Gefühl, es hat sich doch gelohnt, in diesem Jahrhundert geboren zu sein und zu leben.

Aus der institutionalisierten Religion verdampft genau das, was die Religion ist. Wie aus der Literatur und der Kunst der Inhalt verdampft, sobald sie institutionell sind.

20. November

Ich habe die Korrekturabzüge des Tagebuchs 76–83 zur Post gebracht und stand in einer Art Abschied-vom-Handwerk-Stimmung am Schalter, als der Beamte den Stempel auf das Päckchen drückte. Es ist nicht wahrscheinlich, daß ich in meinem restlichen Leben noch einmal so etwas veröffentliche. Für mich ersetzen diese Notizen seit 40 Jahren die publizistische Arbeit, den Kontakt zur Alltagsrealität. Im übrigen ist es so wie Abschiednehmen, wenn ich daran denke, daß ich noch etwas schreiben sollte. Der Krimi müßte beendet werden, aber sonst fühle ich mich nicht veranlaßt, meinen vielen Büchern noch eins hinzuzufügen. In der Schublade liegen die *Zwischenfrage* und das Vorwort zu einem Krúdy-Werk anläßlich seines 100. Geburtstags, Beiträge, die in Free Europe gesendet wurden, und Skizzen. Aber eine Dankschrift, ein Dankschreiben des Kindes dieses Jahrhunderts, würde ich gerne noch verfassen. Sooft ich daran denke, bin ich betrübt, weil ich mir dafür »die innere Form« nicht vorstellen kann, wie Balzac klagte. Alle Antimemoiren, diese Malrauxschen Experimente, sind unbeholfen. »Alles« aufzuschreiben, realistisch, aus Fleisch und Blut, ist unsympathisch. Und doch gibt es eine »innere Form« für die Dankschrift zum Abschied (es ist mir heute beim Gehen eingefallen): das Epos in Hexametern. Das wäre noch eine Aufgabe. Ich weiß nicht, ob ich die Kraft dazu habe, es kann ja sein, daß nach 85 »mein Blut verdickt, mein Hirn versiegt«.

Was ich lese: die letzten zwei Bände der *Thibaults*. Dieser Roman vom Anfang des Jahrhunderts ist zu romanhaft; ausgezeichnete Prosa, medizinisch gewissenhafte Charakterisierungen, aber statt »Handlung« sind kleine Mosaikteilchen aneinandergefügt, ohne Fluß und Schwung. Die Teile sind farbig und meisterlich, aber zusammen wirken sie eher wie ein Filmdrehbuch. – Außerdem lese ich fünf Briefe von Maria Alcoforado (in Rilkes Übersetzung). Ich bin nicht auf dem Posten, bin zerstreut beim Lesen. Bevor ich das Licht ausmache, immer einige ungarische Gedichte.

22. *November*

Thanksgiving. Tiefe Stille in meinem Inneren und um uns herum und in der Stille etwas, das man ein Gefühl des Dankes nennen kann. Dank sei Amerika, daß das Schicksal uns letztendlich hierhergeführt hat, an die Küste des Stillen Ozeans, in diese freundliche Höhle, diese schöne Stadt, wo ich keine Menschenseele kenne und all das versöhnlich weit weg ist, was ich nicht liebe: der »Nationalismus«, der geifernde Scheinpatriotismus, der Adelsdünkel mit seiner Halsstarrigkeit ... Geblieben ist mir die ungarische Sprache, die mir die Möglichkeit bietet, über die große Entfernung hinweg »dich zu behalten und als Wächter an deine Seite zu stellen die verschönende Ferne«. Thank you.

19. *Dezember*

Gefrierpunkt, Orkan. Das ist in Kalifornien so, wie wenn in eine manierliche Bürgerfamilie unerwartet ein aufdringlicher Möchtegern hereinplatzt, der sich ungezogen aufführt, auf den Teppich spuckt und flucht.

In der Budapester Parteizeitung *Népszabadság* wird aus meinem Tagebuch 1943/44 zitiert. Die Zeilen äußern eine strenge Meinung über die politische und gesellschaftliche Moral des ungarischen Mittelstands, darüber, daß er nach der liberalen Reformgeneration zwischen den beiden Weltkriegen seine Qualitätsansprüche aufgab, das Diplom durch den Taufschein als Mittel zum Vorwärtskommen ersetzen wollte und mit der Rassenbewertung den Adelsbrief, dieses rissige Pergament, verriet. Die Zeilen knarren, aber wenn ich an die Zeit ihrer Niederschrift zurückdenke, wundere ich mich, wie zurückhaltend ich dies alles geschrieben habe.

Wieder die *Odyssee*. Ich weiß nicht, zum wievielten Mal. Jetzt lese ich die Übersetzung von Gábor Devecseri und erinnere mich an den früh verstorbenen jungen Dichter, der sich um 1940 dieser großen und edlen Aufgabe annahm. Es liegt etwas Anrührendes darin, daß im ungarischen Literaturleben zur Zeit der Judengesetze ein junger jüdisch-ungarischer Dichter daranging, die *Odyssee* zu übersetzen. Die Übersetzung erschien 1945 und führt respektgebietend die vorangegangenen ungarischen Versuche fort, ist sogar besser.

21. Dezember

Aus München kommt ein Band des *Tagebuchs 76–83*, soeben erschienen. Es ist der fünfte Tagebuchband in den zurückliegenden 40 Jahren. Die fünf Bände sind ein Extrakt meiner persönlichen Erinnerungen aus vier Jahrzehnten; an Manuskripten enthält der Überseekoffer noch einmal soviel. Vielleicht werden sie eines Tages von zeitgeschichtlichem Interesse sein. Mich lassen sie jetzt an die Zeit vor 40 Jahren denken, als ich all das, was im Tagebuch steht, erlebte. Wir waren in Leányfalu und warteten auf die Russen, die Budapest beschossen. Zu Weihnachten konnte ich in Szentendre in einem Lebensmittelladen etwas Eßbares ergattern. Unser Dorfhaus war fast ungeheizt, die Vorratskammer leer. Auf der Landstraße vor dem Haus zogen Pfeilkreuzler und Deutsche vorbei. Buda wurde bereits belagert, unser dortiges Haus hatte 30 Einschüsse bekommen, unsere Wohnung war mit allem

Drum und Dran hinüber. Budapest brannte, am Donauufer wurde systematisch gemordet, die Pfeilkreuzler warfen die Juden in den Fluß. Wir warteten auf Weihnachten, auf die Kämpfe, auf alles, was dann einige Tage später kam. Vierzig Jahre ist es her. Dieser Tagebuchband nun, gleichsam im letzten Moment, setzt gewissermaßen einen Schlußpunkt hinter ein langes Schreiben. Wir leben von einem Tag auf den anderen, taumelnd, halb blind, am Stillen Ozean. Das Lesen strengt an, das Schreiben ist nur noch eine Zwangshandlung. Beinahe alle, die mich persönlich etwas angingen, sind tot.

31. Dezember

Nach dem Mittagessen wird L. plötzlich unwohl, ohne irgendwelche Vorzeichen, mit Ohnmachtssymptomen. Solche Anfälle des Unwohlseins hat es in den vergangenen zehn Jahren wiederholt gegeben. Kein Herzanfall, keine Schmerzen, aber Bewußtlosigkeit und praktisch kein Puls. Ich gebe ihr Synpathol, schaffe sie ins Schlafzimmer, lege sie hin; sie schläft ein. Am Abend geht es ihr besser. Wir sind beide reif zum Weggehen. L. sieht nicht besser, sondern eher schlechter, der Arzt rät zu einer neuen Augenoperation, aber L. hat Angst vor der Narkose, und auch ich habe Angst, ich wage die neue Operation weder zu empfehlen noch abzulehnen, ich überlasse ihr die Entscheidung. Ein Tod zur selben Zeit wäre für uns beide das größte Geschenk. Von meinen persönlichen Bekannten sind in diesem Jahr schon die Nachzügler gegangen. Nichts in mir protestiert gegen das Weggehen, nur die Art des Sterbens beunruhigt mich. Man muß es dem Schicksal überlassen. Wir haben ein volles Leben gehabt.

Lektüre in den letzten Wochen: Aristoteles, aus der zweibändigen englischen Gesamtausgabe das Kapitel über die

Seele. Er glaubte nicht an eine eigene Existenz der Seele; Körper und Seele seien nur einander bildend denkbar, mit dem Körper gehe auch die Seele zugrunde. – Gelegentlich die *Odyssee* und neuzeitliche ungarische Gedichte.

1985

1. Januar

Es ist fast schon eine Überraschung, daß ich, daß wir diesen Neujahrstag erleben. Von meinen schriftstellernden Zeitgenossen lebt sozusagen keiner mehr. Auch die Literatur, deren Zeitgenosse ich war, siecht dahin. Ich bin Vogelscheuche und Kramzeug fürs Museumsregal in einem, ein Insekt im Bernstein.

Was ich lese: parallel zur Seelentheorie des Aristoteles die Reflexionen des amerikanischen Philosophen Dewey (er starb kürzlich im Alter von 93 Jahren) über die griechischen Philosophen. Er hat 20 Jahre in China gelebt, Vorlesungen gehalten und für Pekinger Zeitungen philosophische Abhandlungen geschrieben. Während der Bilderstürmerei der Kulturrevolution waren seine Schriften verboten, jetzt sind sie auf englisch erschienen. Dewey sagt, »die Seele« sei »das Wort«.

Das Fernsehen zeigt die vier Kinder – sieben und vierzehn Jahre alt –, die am Tag nach Neujahr einen sechsjährigen Kameraden, taubstumm und debil, totgeschlagen haben. L. erwähnt die Klagen einer Freundin, die eine Hühnerfarm hatte, wo sich unter den zahllosen Küken ein in Farbe und Gefieder »anderes« befand, das, kaum geschlüpft, von den übrigen angegriffen und mit Schnäbeln und Krallen zerfetzt wurde.

11. Januar

Nie schlage ich meine früher erschienenen Bücher auf, aber jetzt suchte ich etwas im Tagebuchband 1943/44, und unverhofft stieß ich auf die folgenden Zeilen: »Ich habe 43 Jahre gelebt. Und wenn ich noch einmal so lange lebe? Und 86 werde? Werde ich dann mehr wissen? Glücklicher sein? Genaueres über Gott, die Menschen, die Natur und Übernatürliches vermuten? Ich glaube, nein: Erfahrungen verlangen Zeit, aber über ein bestimmtes Wissen hinaus vertieft die Zeit die Erfahrungen nicht. Ich werde einfach älter, nicht mehr und nicht weniger.« Diese Zeilen hallen seltsam aus dem Jahr 43, als das Buch gedruckt wurde, in das Jahr 85 herüber. Aus der Frage ist Wirklichkeit geworden, ein Jahr fehlt bis zum 86. Und ich weiß nicht mehr. Eher ist es so, daß ich zusammenkratze, was ich schon vor 43 Jahren gewußt, aber inzwischen verloren, vergessen habe.

Aus New York ruft mich ein Journalist an mit dem Vorschlag, herzukommen und mich zu besuchen, aber er respektiere meine Reserviertheit, er wisse, daß ich keine Interviews gebe, deshalb wünsche er »nur ein postumes Interview«, mit der Veröffentlichung warte er, bis ich hinüber bin. Ein höfliches und taktvolles Angebot. Überraschend ist der Optimismus des Journalisten, der davon ausgeht, daß es ein postumes Interview sein, er also mich, den Greis, überleben wird. Diese statistische Zuversicht ist berechtigt, aber in der Praxis ist es nicht sicher, daß der Interviewer, der 20 Jahre jünger ist, mich überlebt. Möglich, daß ich es bin, der postum über ihn schreibt. Nicht wahrscheinlich, aber möglich.

12. Januar

Wie vor zwei Wochen stürzt L., einer Ohnmacht nahe. Es gelingt mir, sie ins Bett zu bringen, nach einigen Stunden Schlaf fühlt sie sich besser. Die Symptome rühren von einem plötzlichen Abfall des Blutdrucks her. In den vergangenen Jahren ist das einige Male vorgekommen, jetzt zum zweiten Mal binnen zweier Wochen.

18. Januar

Das Blättern im Tagebuch 43/44 erinnert mich an den irrwitzigen Massenmord vor 40 Jahren, und mich wundert manchmal, wie zurückhaltend alles ist, was ich über diese Zeit schreibe. Die Welt Horthys, die neobarocke Selbstherrlichkeit und Pseudovornehmheit. Die großspurige Zurschaustellung der Vorrechte nach Rasse und Herkunft. Die blutrünstige Habgier. Das Verhalten des Mittelstands. Und was danach kam … Viele in Ungarn wissen heute noch nicht, daß der »Bürger« eine Berufung war, der Mittelstand nur ein Interessenbund.

Hin und wieder Aristoteles. Das Kapitel über die »Seele« ist außerordentlich langweilig. Ein Weiser redet weitschweifig über etwas, worüber er nichts Sicheres weiß. »Nicht der Leib hält die Seele, sondern die Seele hält den Leib zusammen. Wenn der Leib stirbt, zieht die Seele aus …« Aber wohin? So erstaunlich seine Beobachtungen sind, wenn er die dingliche Welt analysiert, so nebulös und luftig sind sie, wenn er um die Metaphysik herumschleicht.

Gesund sterben, wie gut das sein muß!

20. Januar

L. sagt, in Ungarn experimentiere man jetzt mit einer Finnlandisierung. Das mag sein, aber ich vermute, der Kommunismus wird auf diese Art nicht untergraben, sondern nur renoviert.

Eher Taumeln als Gehen. Manchmal eine Schwäche, aus der ich mich kaum aufrappeln kann. Der Mechanismus knarrt und ist stumpf. L. geht es ebenso, obendrein sieht und hört sie noch schlechter. Und alles könnte schlimmer sein.

Arktische Schreckensmeldungen aus Europa, dem Norden, dem Osten. Dieses gewisse Jammern, »das hat es seit 100 Jahren nicht gegeben«. Ich denke an Winter in Ungarn, in New York, in Neapel zurück, und mich schaudert. Es ist immer so gewesen, alles, semper idem.

28. Januar

Aristoteles über den Traum und die Traumdeutung. Er glaubt, hervorgerufen werde der Traum von Rhythmusveränderungen im Körper des Schlafenden, von der Verdauung, dem Blutkreislauf, der verlangsamten Atmung. In der Kindheit hörte ich: »Träume sind Schäume, kommen vom Bauche.« Die Traumdeutung lehnt er ab – Bergson, wenn er die Erinnerung an die Gegenwart abklopft, ist da vorsichtiger. Mich überrascht jetzt, im Alter, manchmal, daß ich nicht von Gesichtern, Gestalten und Situationen, sondern von Wörtern träume. Heute nacht erzählte eine entfernte Bekannte in meinem Traum von der Geburt ihres ersten Kindes – ich hörte ihre Stimme; wie sie sagte, jetzt kämen die Wehen, jetzt sei der Kopf schon draußen, alle Einzelheiten. Manchmal träume ich auch, daß ich etwas schreibe – ich höre die Sätze und schreibe sie auf, jemand diktiert mir. – Manchmal Dewey, über die griechische Epistologie. Und Mikszáth, *Seltsame Ehe*. Der gnädige Herr zündet sich eine Zigarre an, lehnt sich im Sessel zurück und beginnt gemächlich, vergnüglich, gemütlich zu erzählen, »es war also so damals in Gömör«, und man hört gerne zu, denn er ist zynisch und gescheit. Krúdy beschreibt dies alles – die funktionslos gewordene Gentry und ihre Umgebung – wie eine Traumvision. Doch Mikszáth raucht dabei, bläst den Rauch aus und genießt die Rede und ihre Wirkung.

Eine Zukunft haben wir nicht mehr, das Leben ist vollendet, ich warte nur noch auf den friedvollen Abgang. Die Anzeichen der körperlichen und geistigen Abnutzung sind alltäglich. Mitunter ist es, als hätte ich schon Erinnerungen an mich.

5. Februar

Was ich lese (immer nachts): Aristoteles über die Lebensdauer, über das lange und das kurze Leben. Er lobt die Dicken, weil sie »mehr Naß« im Körper haben. Deweys Vorträge in China vor 60 Jahren. Über Bertrand Russell, der das Gesetzmäßige nicht in der Realität, sondern in der Mathematik sah. Über die präsokratischen Philosophen, die »Atomisten«. Manchmal geht das Kaunitz-Buch zu sehr ins Detail, aber es gibt ein Bild von der politischen Etikette des 18. Jahrhunderts. Jede Nacht für L. ein Kapitel aus dem Mikszáth-Krimi *Seltsame Ehe*. Kein großer Denker, kein guter Stilist, aber amüsant. – Gelegentlich Balassi. Als führe ich im Schlitten durch knirschenden Schnee auf einen rauchenden Kamin zu, wo Ungarn leben.

7. Februar

Mit dem Titel *Hawthornes Geheimnis* hat ein Totengräber ein Buch geschrieben, in dem er feststellt, dieser große, klassische amerikanische Schriftsteller aus dem vergangenen Jahrhundert habe unter irgendeinem dunklen, inzestuösen Geheimnis gelitten. Beweise gibt es nicht, aber der Totengräber sortiert fleißig Vermutungen, der Schriftsteller habe sexuelle Beziehungen zu einer seiner Schwestern gehabt ... Diese fleißigen Grabdiebe stöbern ungebeten in der Vergangenheit verstorbener Größen. Es fehlt nicht viel, und sie werden Zwillinge des Inzests anklagen, weil sie im Mutterleib ein Verhältnis hatten.

Krankheitsgefühl, Todesgeruch. Gleichgültigkeit.

9. Februar

Mein Bruder Gábor ist gestorben. Er war 75, von uns vier Geschwistern der Jüngste, und er ging als erster. Mit seinem Tod beginnt der Zerfall der engeren Familie. Ich muß seit 24 Stunden an ihn denken, irgendwie mit schlechtem Gewissen.

25. Februar

Heute wird Gábor beerdigt. Wenn es stimmt ... Gestorben ist er vor einem Monat, die Beerdigung soll laut Mitteilung erst heute sein, ich weiß nicht, warum. Gibt es keine Totengräber im Winter, keine Gräber auf dem Friedhof? Alles ist gespenstisch. Gábor fehlt mir besonders. Es ist, als wäre eines der letzten Reiseziele erloschen – unwahrscheinlich, daß ich nach Hause reise, aber dort ist auch keiner mehr, mit dem ich reden könnte. Er war der letzte.

Was ich lese: Mikszáth, *Seltsame Ehe*. (Für L., laut.) Ein gnadenloses Zeitbild. Klug, frech, zynisch. Nachts Gedichte, junge Leute, von zu Hause. Ausgebrannte Worte, Hoffnungslosigkeit.

Tagsüber manchmal ein Staunen, daß ich noch bin. Und der Wille, bis zum letzten Augenblick etwas zu »leisten« – die täglichen Pflichten oder auch anderes, Überflüssiges. Solange ich es vermag, nicht aufhören.

26. Februar

»Sankt Matthias bricht das Eis, hat er keins, dann macht er eins« – er hat genug, es zu brechen. Nichts ist erstaunlich daran, daß die Menschen seit Jahrtausenden ihre natur- und wetterkundlichen Beobachtungen sammeln; erstaunlich ist, daß sich die Erscheinungen auf den Tag wiederholen. Matthias bricht das Eis, das tut er immer Ende Februar, seit Anbeginn der Zeiten ... Und der lebendige Mechanismus der Natur bleibt unverständlich.

Ein Brief aus Wien. Der Schreiber beobachtet die »Liberalisierung« in Ungarn aus nächster Nähe und hat seine Zweifel, denn »das ist, als träte der Papst eines Tages vor versammelter Menge auf den Balkon des Vatikans und erklärte, mit der Erlösung habe es nicht geklappt, alles müsse von vorn begonnen und anders gemacht werden«. Ein glücklicher Vergleich. Wie der von Egon Erwin Kisch, als er für das dahinsiechende *Prager Tagblatt* eine sensationelle Schlagzeile erfinden sollte und vorschlug: »Franz Ferdinand lebt, der Weltkrieg war umsonst.«

9. März

L. schneidet sich mit unsicherer Hand die Fingernägel und verletzt das Nagelbett. Als es nach drei Tagen noch blutet, gehen wir ins Hospital, wo sie eine Drainage machen, den angesammelten Eiter abzapfen und ihr Antibiotika geben. Zu Hause wird sie nochmals ohnmächtig, diese Anfälle verursacht der plötzliche Abfall des Blutdrucks. Keine Medikamente, keine Hilfe, irgendwie schleppe ich sie auf allen vieren ins Bett. Nach einigen Stunden Liegen geht es ihr besser. Wir bereden, was zu tun ist, wenn einer von uns geht. Viele Handlungsmöglichkeiten – Erste Hilfe usw. – gibt es nicht. Man muß es hinnehmen; dergleichen erledigt sich letztlich von selbst.

13. März

In der Bibliothek haben sich die Obdachlosen von San Diego eingenistet. Mehrere tausend von diesen Männern und Frauen streichen durch die Stadt, die Heilsarmee und ähnliche Asyle können sie gar nicht mehr aufnehmen, sie schlafen in Hausfluren. Viele sind Mexikaner, aber auch aus den Staaten mit kaltem Klima kommen Unbehauste her. Sie haben die Bibliothek besetzt, das Hauptpostamt, den Bahnhof. Sie kommen mit ihrem Bündel, setzen sich an die Tische und schlagen als Feigenblatt eine Zeitschrift, ein Buch auf, ohne hineinzublicken, so bleiben sie den ganzen Tag sitzen.

28. März

Eisiger Wind, wie der Dolchstich eines Mafiamörders. Der März ist der Monat der Revolutionen, der Abführmittel und des Pessimismus.

Schopenhauer gehört zu den großen Ikonoklasten des 19. Jahrhunderts – er zerstörte auf überzeugende Weise, erbaute an der Stelle des zerstörten Weltbilds jedoch kein wesentlich originelleres. »Sie brauchen Gott noch?« fragte er zornig einen Konkurrenten, gleichfalls Philosoph. Das anthropomorphe Gottesbild fand er demütigend: für Gott und den Menschen gleichermaßen.

31. März

Wie zu Besuch in die Todeszelle kommen Briefe, Zeitungsartikel, Aufmunterungen, daß an meinem 85. Geburtstag noch an mich gedacht wird. Mut, man muß es halt aushalten, sagen sie. Der eine oder andere so, als wolle er mich in bezug auf die Henkersmahlzeit beraten. Die Aufmunterungen haben etwas Groteskes.

Schopenhauer sah in den »Zweibeinern« – sich selbst und vielleicht Kant ausgenommen – gemeine, viehische, habgierige, dumme Schmarotzer. Und so ist die große Mehrheit in der Tat. Aber er scheint vergessen zu haben, daß nie die Mehrheit zählt, sondern immer und zu jeder Zeit nur die sehr wenigen, die anders sind.

6. April

L. stürzt im Schlafzimmer und bricht sich den linken Arm. An derselben Stelle wie vor sieben Jahren in Salerno, in der oberen Beuge. Wir fahren im Rettungswagen zum Hospital, wo der Bruch geröntgt und zusammengefügt wird.

10. April

Vor 85 Jahren habe ich auf diesem Planeten das Licht der Welt erblickt. An einem solchen Tag denkt der Sterbliche anders an den Tod als in den vorangegangenen 85 Jahren. Der Mensch weiß immer vom Tode, er ist ihm eine natürliche Begleiterscheinung im unverständlichen und komplizierten Ablauf des Daseins; aber er »weiß« nur von ihm, akzeptiert ihn. Dann kommt eine Zeit, da er dem Tode zustimmt. Das ist kein tragisches Gefühl. Eher ein beruhigendes, wie wenn jemand nach langem Grübeln etwas Unverständliches versteht.

11. April

LXXXV. – Am Vormittag verliert L. das Bewußtsein. Wir sind allein, es ist eine Mühsal, sie ins Bett zu heben. Das ist der dritte solche Anfall in den letzten vier Wochen.

Ich kann mich an meinem 85. Geburtstag nicht freuen, daß ich noch lebe, ich erinnere mich nicht an Gutes und Böses. Ich spüre nur, daß ich sehr müde bin.

Die Freiheit ist etwas Privates. Es gibt keine institutionelle Freiheit. Jeden Tag ist jeder allein, frei sein kann er nur – so oder so – aus eigener Kraft. Immer nur für kurze Zeit.

Was ich lese: Mark Twain, Briefe. Und Aischylos, die *Perser*. Unter den Geburtstagsgrüßen ein überraschender: Präsident Reagan und Gattin wünschen mir alles Gute zum 85.

28. April

Seit drei Wochen Tag und Nacht Krankenpflege. Im Krankenzimmer gibt es, wie im Gefängnis, keine Zeit. Tage und Nächte, Stunden und Minuten verwischen sich. Die Krankheit ist Volumen, wie die Zeit.

Nachts, wenn L. schläft, lese ich: Sophokles, *König Ödipus* (auf englisch). Als Ödipus erfahren will, wer das Unheil über die Stadt gebracht hat, führt er sich auf wie ein Detektiv, der während der Ermittlungen erfährt, daß er selbst der Schuldige ist, weil es Unschuldige nicht gibt.

»Ich stehe jeden Tag auf der Fähre des Todes«, sagt der heilige Paulus. So ist es, wortwörtlich, Tag für Tag. Der Tod ist ganz nahe, man spürt seinen Hauch, seinen Geruch. Und das ist nicht abschreckend; eher beruhigend.

5. Mai

Seit vier Wochen gibt eine Nurse der anderen die Klinke in die Hand, eine hilft beim Säubern, Gehen und Liegen, die andere räumt auf, die dritte lehrt Heilgymnastik, die vierte mißt Blutdruck und Puls ... L. lebt matt, benommen. Alles ist wie paralysiert, die Tage und die Nächte. Nachts, wenn L. schläft, lese ich Sophokles, manchmal ungarische Gedichte. Müdigkeit wie nach einem unerwarteten Knockout.

Wenn möglich, beende ich den Krimi noch. Dann will ich nicht mehr schreiben. Nur noch Notizen, wie der Gefangene Zeichen an die Wand schreibt.

21. Mai

Was außer dem Sein kann das Alter noch geben? Nichts. Ich verstehe diejenigen, die dem Ende vorgreifen.

Jede Nacht, wenn ich L. zurechtgemacht habe, lese ich Sophokles. Ödipus hat keinen »Ödipuskomplex«. Er schlägt sich mit den Tatsachen herum, nicht mit dem Komplex.

2. Juni

Frost und eisiger Wind. Eine Lebenssituation und Lebensperiode, in der sich alles als absolut zweck- und hoffnungslos herausstellt.

L. hat im Traum einen großen Schatten gesehen und wollte ihn irgendwie festmachen, mit einer Spritze, damit er bliebe.

Lektüre: die Mongolen in Indien. Ein großer Mongole namens Humayun (17. Jahrhundert) blendete seinen jüngeren Bruder Kamran und befahl dann, seine Augenhöhlen mit Zitronensaft und Salz einzureiben. Er wollte sichergehen.

16. Juni

Seit drei Monaten Tag und Nacht Krankenpflege. L.s Arm ist besser, ihr körperlicher und seelischer Zustand unverändert schlecht. Ich versuche die Zwangsarbeit in Pflege und Haushalt durch planmäßige Aktivitätsreduzierung zu kompensieren, berechne die unbedingte Notwendigkeit anfallender Aufgaben. – Lesen bis zwei Uhr nachts, wenn L. schon schläft. Sophokles, die beiden Ödipus-Dramen. Ungarische Zeitschriften, aus der Heimat. Niederschmetterndes Tappen auf der Stelle, Hoffnungslosigkeit. Hin und wieder Zeilen in einem Gedicht. Ansonsten völlig ausgebrannt.

6. Juli

Drei Monate sind vergangen, und L. war heute zum erstenmal wieder draußen. Die Krankenpflege, drei Monate hindurch Tag und Nacht, hatte Erfolg, das Gehen fällt ihr nicht schwer. Die Sehkraft hat sich nicht gebessert; sie ist fast blind. Ich selbst gehe taumelig, die Sehkraft auf dem Auge mit dem Glaukom nimmt ab, kraftlos ist auch das andere Auge. So leben wir, ein Blinder führt den anderen. Es naht die Zeit des Abbaus, wenn man ohne Verlustgefühl alles hinter sich läßt.

Habe (meistens nachts, wenn L. schlief) den Krimi zu Ende geschrieben. Schreibe keine schöngeistige Prosa mehr.

Gábor fehlt mir. Ich hätte gerne noch einmal mit jemandem geredet, der Besseres wollte als meine nahen und entfernten Bekannten im allgemeinen. Um mich sind keine zuverlässigen Personen mehr.

11. Juli

Ich hoffe, es gelingt mir zu sterben, bevor ich erblinde. »Aus dem Traum hinüber / springen in den Tod« – Arany glückte es nicht, er war fast blind und litt.

Die Kommunisten machen jetzt den Emigranten den Hof, auch mir. Vor einigen Jahren war die »Finnlandisierung« ein Schachzug der kommunistischen Strategie. Sie klappte nicht, wurde auch in den romanischen Ländern abgelehnt. Keine Meldung gibt es darüber, wie es mit der Finnlandisierung in Finnland geklappt hat.

Überall in Kalifornien Himmel und Erde. Wie in einem Hexameter-Epos das Feuer der Unterwelt.

Nicht wenn man am Ende entdeckt, daß man sich geirrt hat, ist man am Leben gescheitert. Deprimierender ist es, daß man gar nicht anders kann, als sich zu irren.

17. Juli

Was ich lese: *Mémoires du Duc de Sully*. Das Buch wurde um 1760 in London gedruckt. Ein Geschenk. – In einer Zeit der in Millionenauflagen erscheinenden Pocketbooks ist dieses »Buch« praktisch ein urzeitliches Phänomen. Buchstaben, Papier, Satzspiegel, Bindung: alles wirkt weihevoll. Das Buch war damals noch etwas Liturgisches, wie der Weihwasserbehälter oder das Tabernakel. Sein Inhalt wandte sich an die Person, den Leser, nicht an den Konsumenten.

Jede Nacht ein paar Seiten aus der *Aeneis*. Dann Prosa von Arany, die Parallele Zrinyi–Tasso. Wie ein Erstickender, der den letzten Schluck Sauerstoff schlürft.

20. Juli

Der Duc de Sully: als wäre er kein Gegenstand, sondern als trete eine Person ins Zimmer. Jemand aus der Zeit, als das Buch noch Streitpartner war, Freund und Gegner. Heute ist es nur noch Papier und Wörter.

Der Herzog war 1572 neun Jahre alt, als er die Bartholomäusnacht erlebte, sein hugenottischer Vater versteckte ihn. Er erinnert sich objektiv an die Scheußlichkeiten, frei von Rache und Leidenschaften. Die Zahl der landesweit ermordeten Hugenotten schätzt man auf 60000. In unserem Jahrhundert haben sich solche Nächte routinemäßig wiederholt. Auf meine Weise habe auch ich so etwas erlebt, und zurück blieb kein Rachedurst, sondern unermeßliche Verachtung und Gleichgültigkeit.

4. August

Übermorgen ist es 40 Jahre her, daß in Tahi, in einer Kneipe, wo ich meinen Jausenwein trank, ein zahnlückiger alter Bauer brabbelnd erzählte, die Amerikaner hätten »irgendeine Bombe abgeworfen, und Japan – kaputt«. Die Gäste, Bauern und russische Soldaten, vernahmen es gleichgültig. Jetzt, 40 Jahre später, gedenken hier in San Diego auf den Straßen und überall in der Welt ganze Menschenscharen Hiroshimas. Bis heute weiß man nicht genau, was damals in der Welt begonnen hat. Ziemlich genau aber weiß man, was an jenem Tag endete: die relative Sicherheit des Menschen auf der Erde.

Über Reagans Krebsoperation schreiben die Zeitungen Beruhigendes, es erinnert mich an das, was meine 80jährige Tante Julie sagte: »Ich hatte ein bißchen Krebs, sie haben mir eine Brust abgenommen, um meine Zukunft zu retten.«

15. August

Zum ersten Mal seit ihrem Sturz am 6. April mit L. am Meer. Die halbstündige Taxifahrt ermüdet sie, ihre Sehkraft ist fast null, sie sieht das Meer nicht, fühlt es nur. Aber sie hält auch die Rückfahrt aus. Jetzt schläft sie.

Beide sind wir wie verbrauchte Batterien, der Strom geht zu Ende, die Lampe leuchtet nur noch manchmal für eine kurze Zeit. Seit Monaten erledige ich die Krankenpflege und den Haushalt fast allein. Einmal wöchentlich kommt eine Putzfrau, sonst sind wir völlig allein. Mitunter mache ich sportlich, was gerade zu tun ist, wie ein alt gewordener Hochspringer, der wissen möchte, wie lange er es schafft. Was ich lese, nach Mitternacht: die Sully-Memoiren (ausgezeichnet), Zeitschriften aus Ungarn (doktrinäre Wichtigtuerei, Traurigkeit, Aussichtslosigkeit, nirgends ein Lichtblick, sinnfällige Prosa, manchmal sprühende Gedichtzeilen). Bevor ich das Licht ausmache, einige Seiten Prosa von Arany, ein paar Zeilen aus der *Aeneis*. Aus amerikanischen Zeitschriften nur, was sich gerade sehr anbietet. Ausführungen von Lord Zuckerman, englische Strategiekapazität, darüber, daß von der nuklearen Katastrophe niemand eine Vorstellung hat und haben kann, solange sie nicht eintritt. Und wenn sie eintritt, wird niemand mehr Gelegenheit haben, seine Meinung zu sagen.

Briefe, Zeitungsartikel, Trauerreden, nachsichtige oder mitleidige Eulogien, weil ich noch lebe.

21. August

In der Literatur gibt es keine Demokratie. Nur Solisten. Ein Schriftsteller, der im Chor mitsingt, wird merken, daß seine Stimme nicht herausklingt.

9. September

L. ist seit dem Sturz hinfällig – der Arm ist geheilt, aber durch den Sturz entstand eine innere Hinfälligkeit, aus der sie nicht zu sich findet. Ich kümmere mich Tag und Nacht um sie, versuche ihr alles so erträglich zu machen, wie es nur geht. Ich bin so völlig identisch mit ihr, als wäre sie keine eigene Persönlichkeit mehr.

Habe den Krimi abgeschlossen und ins Saubere geschrieben. Habe die »schöne Literatur« abgeschlossen. Ich will nur noch ordnen und auf den Abgang warten.

Manchmal höre ich im Radio, daß eine Sportsendung läuft. Der Sprecher geifert, wer wieviel sprang oder traf. Und das hören sich Millionen an. Völlige Verkalkung einer Zivilisation in den Sportprogrammen.

Wenn L.s Zustand es zuließe, wohin würde ich reisen? Mir fällt kein einziger Ort ein, an den ich mich sehnte.

17. Oktober

L. beim Internisten. Blutdruck, Herztätigkeit, lebenswichtige Organe in Ordnung. Sie sieht nicht und hört nur mit Hilfe elektrischer Ohrklips. Ohne mich kann sie keinen Schritt machen, ich führe sie am Arm und brauche doch selbst einen Stock, ich gehe taumelig. Nach der Untersuchung sagt der Arzt traurig: »Senilität.« Das ist möglich, aber es gibt Zeiten am Tag, da ist ihr Geist lebhaft, sie erinnert sich an alles, sagt lange Gedichte auf, redet vernünftig und anschaulich über Menschen und Ereignisse. Ihre Speisen kann sie nicht sehen, manchmal auch nicht unterscheiden. Tag und Nacht – ihr Orientierungsvermögen scheint erloschen. Und mit 87 ist sie so schön wie in jungen Jahren – auf andere Weise, aber »schön«. Ich weiß nicht, wie lange meine Kräfte reichen, aber ich möchte bis zum letzten Augenblick bei ihr sein, ihr helfen, sie pflegen. Sie kann nichts mehr, essen, waschen, Stuhlgang, allein ist sie dazu nicht imstande. So leben wir seit April, seit sie gestürzt ist. Der Arzt meint, dieser Zustand kann noch eine Weile anhalten, er kann schlechter, aber keinesfalls besser werden. (Das ist nicht sicher, wenn sie wieder sähe, würden sich die Angst, die Unsicherheit legen.)

Um Mitternacht bringe ich sie zu Bett, dann lese ich zwei Stunden. Schreiben mag ich nicht mehr, Briefe auch nur einmal in der Woche. Lektüre: *Toldis Liebe* (L. scheint zu lauschen, ich lese laut), Zeitschriften. Bücher lese ich längst nicht mehr.

Ich schreibe und lese nicht, doch manchmal träume ich, daß ich schreibe. Im Traum bewegen sich die Zeilen wie eine Leuchtschrift. Und sie haben Sinn, die Worte sind treffend, der Stil ist lebendig. Das alles schreibe nicht »ich«, sondern es geschieht in mir. Der Weg zurück aus dem Leben in den Tod ist dunkel, ich tappe aus dem Nichts ins Nichts, und unterwegs leuchtet hier und da ein Wort, ein Begriff, wie Glühwürmchen im dunklen Wald.

10. November

L. wird aus der Klinik, wo man sie erneut untersuchte, nach drei Tagen in das nächste »convalescent hospital« verlegt, ich bitte den Arzt, sie nach Hause zu entlassen, wo ich sie in ständiger Anwesenheit einer Pflegerin betreuen kann. Der Arzt sagt, das gehe nicht, häusliche Pflege sei nicht mehr möglich, sie müsse Tag und Nacht medizinisch versorgt werden. Das »convalescent hospital«, wohin sie ein Krankenwagen bringt, ist ein Flachbau mit etwa 70 Zimmern, die meisten mit zwei Betten. In so eins kommt auch L., der Arzt verordnet herzstärkende Medikamente und Mittel gegen Schwindel und Ohnmacht, ab und an leichte Schlafmittel. Das Hospital oder besser Hilfshospital ist eins von vielen solchen Einrichtungen in der Stadt und Umgebung, dort sind fast ausnahmslos Alte untergebracht, die zu Hause nicht mehr versorgt werden können. Bei der Aufnahme muß ich mit meinem Kontoauszug nachweisen, daß ich die Pflegekosten (täglich 60 Dollar und was hinzukommt) aufbringen kann, Medicare, die Altersversicherung, betrachtet das als »Zustand« und übernimmt keinen Anteil. Wenn keine Veränderung eintritt, kann ich das vielleicht anderthalb Jahre bezahlen. L. wird aufgenommen. Sie ist nicht bei vollem Bewußtsein, aber auch nicht ganz bewußtlos. Aufstehen, aus dem Bett steigen kann sie nicht, sie muß gefüttert werden, bei allen anderen Verrichtungen – Stuhlgang, Waschen – braucht sie Hilfe. Sie merkt, wenn ich mit ihr rede, manchmal gibt sie zusammenhängende und vernünftige Antworten, dann wieder ist sie halb abwesend, zuweilen sagt sie: »Eine unmögliche Situation.« Wenn sie wieder so weit zu Kräften käme, daß sie nach Hause könnte, würde ich das schon deshalb veranlassen, damit wir bis zum letzten Augenblick beieinander sind. Als ich mich heute von ihr verabschiedete, sagte sie halb abwesend (sie sieht nicht mehr): »Paß auf, daß du nicht in schlechte Gesellschaft gerätst.«

11. November

Im Hospital. Sie hört meine Stimme und antwortet, aber anscheinend weiß sie nicht, daß ich nachts nicht hier war und eben erst gekommen bin ... Zeit, Entfernung sind ihr kein Begriff mehr. Gemeinsam gehen, ohne Schmerzen, das ist meine einzige Hoffnung.

Ein unterweltliches Existieren, was man auf den Fluren des Hospitals und durch die offenen Türen in den Zimmern sieht. Wie das, was Achilles über die Unterwelt zu Odysseus sagte. Alte im Rollstuhl, angeschnallt, vornübergebeugt, mit heraushängender Zunge. Die schwerste Prüfung im Leben ist nicht der Tod, sondern das Sterben. Doch Krankheit und Tod haben etwas Obszönes. Die andere Seite der Körperlichkeit ist unanständig und unappetitlich in einem.

12. November

Letzte Nacht versuchte ich zu lesen, Spinoza, *Ethik*, auf englisch, war jedoch unkonzentriert, legte es wieder weg.

Später Gedichte, neue Leute aus der Heimat. Ich höre nicht mehr die Musik in den Gedichten und legte sie ebenfalls weg. Die große Müdigkeit nach der Fron der vergangenen Monate läßt auch jetzt nicht nach, da sie nicht mehr Tag und Nacht bei mir ist. Meine Gänge erledige ich nur per Taxi, die paar Schritte zur Straße taumele ich. Ich hoffe durchzuhalten, solange sie mich braucht. Sie ist schön, und die Schönheit des Vergehens ist zuweilen überzeugender als die triumphale Schönheit der Jugend und der makellosen Fraulichkeit.

16. November

Im Hospital. Ihr körperlicher und seelischer Zustand ist schlechter als gestern. Sie ist halb ohne Bewußtsein, weiß aber, daß ich da bin.

17. November

Im Hospital. Sie ist unruhig und sehr schwach. Zum Bettmachen und Essen wird sie in einen Stuhl gesetzt, das Sitzen fällt ihr schwer. Sie stöhnt und klagt, ich halte ihre Hände, übergangslos schläft sie ein, nach einer Weile klagt sie erneut. Körperliche Schmerzen hat sie nicht, und sie weiß nicht genau, wo sie sich befindet und was mit ihr ist, dennoch ist sie quengelig und unruhig. Das Füttern ist umständlich, aber einige Happen schluckt sie. Sie möchte Wasser, »kaltes Wasser«. Auch János ist mit den beiden großen Töchtern Lisa und Jenny zu Besuch gekommen, die Kinder beobachten ernst und bewegt, was sie sehen. Viele verstehen erst spät, daß nicht der Tod das größte Mysterium ist, sondern das Sterben. Und jede Ars moriendi ist Phantasterei, eine solche Kunst gibt es nicht. Die Pflegerin sagt, ihre Mutter sei 97 und blind, aber »sie macht alles selbst, tastend«. Es gibt keine Grenze am menschlichen Horizont.

In der Nacht will ich in Spinozas *Ethik* lesen, gebe es aber auf, empfinde Überdruß. Wörter und nichts als Wörter. Die Wirklichkeit ist wortlos.

18. November

Im Hospital. Sie ist ruhig, schläft, aber ihre Hand streicht immer wieder über die Bettdecke, faßt sie, läßt sie los. Wie zu Hause, wenn sie mit ähnlichen Handbewegungen immer wieder sagte: »Ordnung machen.« Aber was geordnet werden sollte, sagte sie nicht. Ich halte lange ihre Hand, manchmal drückt sie sanft meine Finger, das ist alles. Sie weiß nicht, daß sie in der Nacht allein war. Sie habe geschlafen, sagt sie, wisse aber nicht, was sie träumte. Mehr sagt sie nicht. Als ich ihr zum Abschied einen Kuß gebe, öffnet sie die Augen nicht. Ihre Zimmergefährtin, eine sehr alte Frau, sitzt vornübergeneigt in einem Rollstuhl, sie sieht und hört nicht. Bloß einschlafen, wenn die Stunde heran ist.

19. November

Im Hospital. Ich komme um zwei Uhr nachmittags und treffe sie schon im Rollstuhl an, sie sitzt gerade, ist gewaschen und gekämmt. Sie sieht mich nicht und hört mich nicht. Schmerzen hat sie keine, und ihr Gesicht ist so gleichgültig, als fühlte sie nichts. Ich nehme ihre Hand, sie reagiert nicht. Auf meine Frage, ob sie in der Nacht geschlafen habe, antwortet sie kurz: Ja. Mehr sagt sie nicht. Als wüßte sie nicht, wer und wo ich bin, wo sie ist. Ich weiß nicht, wie lange man das aushalten kann. Wie lange sie es aushält. Und wie lange ich. Würde ich nicht glauben (oder mir einreden), daß sie mich noch braucht, brächte ich mich um. Aber ich habe kein Recht wegzulaufen.

20. November

Es ging nicht anders, ich mußte sie ins Krankenhaus geben. Bis zum letzten Augenblick haderte ich mit mir, schob es hinaus, aber dann ging es nicht mehr, wir zwei allein zu Haus, ich, halb blind und taumelig, nach halbjährigem Pflegedienst Tag und Nacht, hätte jeden Augenblick zusammenbrechen können, und dann keine Hilfe. Es ging nicht anders, aber es ist furchtbar, daß sie nicht bei mir ist, daß ich nicht Tag und Nacht bei ihr bin, sie sieht nicht, und ich kann nicht für sie sehen.

25. November

Ich sitze stundenlang an ihrem Bett und halte ihre Hand, sie spricht kein Wort. Manchmal, schwach, mit den Fingerspitzen, drückt sie meine Hand. Die Pflegerin gibt ihr die Augentropfen, da blickt sie hoch, sie weiß, was geschieht. Sie »lebt« nicht mehr und ist noch nicht »gestorben«, ist noch bei Bewußtsein, aber weit weg von allem. Ihre Miene ist ernst, nicht erzürnt, auch nicht leidend. Nur ernst.

Auf dem langen Flur bewegen sich die Greisinnen in der Stunde vor der Fütterung per Hand in ihren Rollstühlen fort. Diese Art Mobilität im hohen Alter ist das schlimmste. Ich hoffe, es bleibt ihr und mir erspart.

Ein Leser schickt mir eine alte Erzählung, *Der Schlüssel*, abgedruckt in einer Budapester Zeitschrift. Ich schrieb sie 1943, da ist sie erschienen, ich hatte sie vergessen. Ich lese sie und empfinde einen Schmerz, der kaum zu ertragen ist: 62 Jahre habe ich alles zuerst ihr vorgelesen. Jetzt ist niemand mehr da, der zuhört. Das schriftliche Formulieren fasziniert mich nicht mehr. Wenn sie geht, ihr folgen, unauffällig, geräuschlos.

26. November

Im Krankenhaus. Sie liegt reglos, als schlafe sie. Plötzlich sagt sie: »Ich verstehe nicht, warum man den Montag verschlafen soll.« Später wird sie quengelig. Aber sie weiß nicht genau, wo sie ist und was mit ihr ist. Als ich gehe, regnet es in Strömen. Die Zwecklosigkeit, die Hoffnungslosigkeit in allem, nirgends ein Fingerzeig, alles ist dunkel. Ich tappe blind durch Dunkel und Regen. Vielleicht war das Warten ein Fehler, wir hätten beide eher gehen sollen, gleichzeitig.

27. November

Thanksgiving Day. Tiefer Dank, daß ich ihr begegnet bin und wir das volle Leben gemeinsam gelebt haben. Tiefer Dank. Und über alledem unsäglicher Schmerz.

29. November

Am Ende des Lebens kommt ein Abschnitt, wo alles, was man in einem langen Leben erlebt und erhofft und worauf man gebaut hat, zwecklos und sinnlos wird. Solch eine Zeit ist es, die ich jetzt durchmachen muß. Jeden Tag zusammensein mit dieser wunderbaren Frau, die mein Leben vom anderen Ufer her kannte, von der persönlichen Seite, und bei diesem teuren, edlen Wesen den langsamen und lautlosen Zerfall beobachten, nicht hoffen, nicht rechten mit dem Schmerz, hilflos tun, was im Augenblick getan werden kann, sie, in ständigem Dunkel einherstolpernd, hinausgeleiten aus dem Leben – ich weiß nicht, was wird, aber ich überlege nicht mehr, ich befinde mich nur Tag für Tag, Nacht für Nacht auf dieser Höllenfahrt. Vielleicht gibt es Wunder (»vielleicht« deshalb, weil im Universum alles möglich ist, was der Mensch denkt oder hofft), aber die

Wirklichkeit gleicht auch in ihrer Abscheulichkeit einem bösen, schlechten Wunder. Es kommt eine Zeit, da erwartet der Mensch keine Antwort mehr, er hadert nicht mehr mit dem Schicksal, sondern nimmt es an. Man muß sein Schicksal annehmen. Einen anderen Weg, die Abscheulichkeit des Lebens zu ertragen, gibt es nicht.

30. November

Im Krankenhaus. Ich sitze anderthalb Stunden am Bett, halte ihre Hand, wortlos. Unerwartet sagt sie: »Wie langsam ich sterbe.« Dann schweigt sie, bis ich gehe. Die Pflegerin sagt, das Füttern sei schwierig, aber irgendwie gehe es schon. Die Nacht »war ruhig«. Halcion, das Schlafmittel, geben sie nur, wenn sie unruhig ist. Die Auskunft beruhigt mich ein wenig, ich habe Angst vor dem Halcion. Schmerzen hat sie nicht, aber niemand weiß, wie weit sie bei Bewußtsein ist und ob sie sich ängstigt. Nach ihrem Gesichtsausdruck und Verhalten zu urteilen, ist ihr Bewußtsein frei von Kämpfen und Ängsten. Aber wer weiß, was im Innern geschieht. Während ich diesem »langsamen Sterben« (denn es kann lange dauern) zusehe, muß ich daran denken, was ich tue, wenn sie stirbt. Schreiben will ich nicht mehr, ich habe keinerlei Lebensziel, keine Reisen, keine Wiedersehen, nichts. Alles ordnen und gehen; aber wie aufrichtig ist das? Aufrichtig ist die Angst vor dem »langsamen Sterben«. Auf dem Flur im Rollstuhl die Greise und Greisinnen, die nicht mehr leben, nur existieren. Dem entgehen, ja, sie und auch ich.

1. Dezember

Der Geburtstag meines Vaters. (1872, also vor 113 Jahren.) Mein Bruder Gábor hat irgendwo eine Karte gefunden, die mein Vater am Tage meiner Geburt, dem 11. April 1900, an einen Verwandten schrieb, begeistert, daß sein Leben einen Sinn habe, denn ich sei zur Welt gekommen. Er lebte 62 Jahre und starb an Krebs, sein letztes Wort zu uns, die wir das Bett des Sterbenden umstanden, war: »Betet« – und er sagte, welches Gebet er sich wünschte, aber ich erinnere mich nicht. Gábor ist vor einigen Monaten gestorben. Er fehlt mir.

Im Krankenhaus. Als ich komme, gegen fünf Uhr nachmittags, schläft sie. Sie sieht nicht, erkennt mich nicht. Gegen sechs kommt das Essen, die Pflegerin versucht es mit dem Löffel, aber sie spuckt es aus. Dann ächzt und klagt sie, ruft, auf deutsch: »Bitter, bitter.« Sie ist nicht bei Bewußtsein, und dieses Sterben kann langsam sein. Gegen acht gehe ich, sie hat sich beruhigt, scheint zu schlafen.

Eine der letzten Gedichtzeilen des sterbenden Babits: »Vielleicht ist der Tod doch nicht so großartig.« Vielleicht. Sterben ist das Größte. Alles danach ist uninteressant. Was dazwischen ist, unverständlich und grauenvoll.

Bleiben, helfen, bis zum letzten Augenblick, solange wir können, sie oder ich. Dann aufpassen, daß ich rechtzeitig gehe.

3. Dezember

Im Hospital. Manchmal gibt sie Laute von sich, kein Klagen, auch kein Reden, sondern als ob der Körper spreche, abgesondert vom Geist. Dann scheint sie zu schlafen. Das Füttern wird immer schwieriger. In diesem Zustand, der kein Leben mehr ist, kann man lange existieren; Herz, Lunge, Verdauung arbeiten noch, die Persönlichkeit lebt nicht mehr. Aber irgendwo im Dunkel der Wüstennacht glost noch ein Lichtlein. Heute sagte sie unerwartet zu der Pflegerin: »Vorsicht, es tut weh.«

Als wäre etwas geschehen: Aus dem Wirrwarr von Bangen, Aufregung und Mühsal resultiert ein unverständlicher Gleichmut – als hätte ich das schreckliche und erbarmungslose Chaos des Lebens verstanden. Ich klage niemanden an, nicht Gott und keinen Menschen. Ich erwarte nichts. Ich habe akzeptiert, was geschehen ist, in all seiner Abscheulichkeit. In solchen Situationen betet man oder flucht man, oder man beginnt zu lauschen, in sich hinein.

Helfen, solange ich es kann. Streiten – nein. Keine Antwort.

4. Dezember

Ich komme um vier Uhr nachmittags ins Hospital, wenn das Putzen, Waschen und Füttern erledigt ist. Bett und Zimmer, alles ist sauber und aufgeräumt. L. schläft. Ich sitze stundenlang am Bett und halte ihre Hand, einmal gibt ein leichter Druck mir ein Zeichen, daß sie von mir weiß. Aber sie öffnet die Augen nicht. Das Gesicht ist ruhig, keine Spur von Leid, Anspannung, Furcht. Diese Ruhe ist eine Spielart der Schönheit, für die ich kein Gleichnis weiß. Alles, was im Leben ein Gesicht verändert – Leidenschaft, Sehnsucht, Enttäuschung –, fehlt in ihrem. Das vertraute, liebe, einzige Gesicht ist jetzt abgeklärt und so edel, wie es nur vor dem Tod sein kann, wenn noch Leben darin ist, jedoch die Persönlichkeit nicht mehr lebt. Die Marmorgesichter der großen Statuen sind nicht so, dieses Gesicht lebt noch, aber es ist alles verschwunden, was niedrig war, geblieben ist nur die endgültige Ruhe und reine Wirklichkeit.

6. Dezember

Im Krankenhaus. Der Arzt sagt: »She is giving up.« Sie will sterben, sie ist seit vier Wochen dort und hat acht Pfund abgenommen. Zum Frühstück ißt sie ein wenig, später fast nichts mehr. Jetzt versuchen sie, dem Organismus »fluid food« zuzuführen, denn sie ist nicht gewillt, Festes zu kauen. Wie lange wir diese Folterpein aushalten, weiß ich nicht. Sprechen kann ich nicht mit ihr, sie antwortet nicht, sie sieht nicht, sie hört nicht. Ich sitze am Bett, manchmal jammert sie, dann schläft sie ein, oder es sieht aus, als schlafe sie.

Im Kaufhaus des Todes veranstalten die Kunden auf den Korridoren einen Rollstuhlwettkampf. Manche Leichen haben sich herausgeputzt. Alles lieber, nur das nicht, diesen Konsumtod.

8. Dezember

Heute ist sie ruhig. Auf die Frage, ob sie Schmerzen habe, antwortet sie: »Nein.« Ein Zeichen, daß sie mich verstanden hat. Lange rührt sie sich nicht, als schlafe sie. Ich halte ihre Hand, aber sie merkt es nicht, oder sie zeigt nicht, daß sie es merkt. Die Nurse, eine junge Filipina, zeigt sich erfreut, daß L. brav ihre Babynahrung gegessen hat.

Augenblicke voller Furcht, daß gleich etwas geschieht und ich nicht mehr kann. Dann unverständlicher Gleichmut. Möglich, daß ich eines Tages nicht mehr kann, aber bis zu diesem Tag muß ich durchhalten.

Um mich und in mir und für mich in der Welt eine Leere, aus der man vielleicht aus dem Tod auf das Leben zurückblickt, falls es so etwas gibt.

Leben, Menschen, Arbeit, »Literatur«, alles ist zu Ende. Überdruß und Scham, wenn ich an das »Schreiben« denke. Ich habe für L. geschrieben, jede Zeile für sie. Für wen sollte ich jetzt schreiben? Das überrascht mich.

9. Dezember

Den Weg zum Krankenhaus lege ich taumelnd zurück, ich bin schlapper als sonst und unsicherer, als ein plötzlicher stürmischer Windstoß von der See her die Straße entlangfegt und mich fast umwirft, ich muß mich mit beiden Händen an einen Lampenmast klammern. Ein Arbeiter eilt herbei, umfaßt mich, hilft mir auf das Trottoir. Diese spontane menschliche Hilfe tut mir, so banal sie ist, sehr wohl, denn nun hat mich all und jeder verlassen. Im Krankenhaus halten wir uns lange stumm an den Händen. Hin und wieder streicht sie mir mit der Fingerkuppe über den Handrücken. Ein Zeichen, daß sie weiß, ich bin da, bin noch da für sie.

Ich habe nicht gewußt, daß sie so sehr eins mit mir ist. Vollkommene körperliche und seelische Gemeinsamkeit. Wir haben 62 Jahre miteinander gelebt, es gab Liebe, es gab Zorn, alles, was unvermeidlich aus einem gemeinsamen Leben folgt. Aber daß ich so mit ihr zusammenwuchs, habe ich nicht gewußt.

11. Dezember

Im Hospital. Sie liegt still da, wie schlafend. Heute konnte sie mit dem Löffel gefüttert werden und hat »hundert Prozent« aufgegessen. Sie nimmt mich nicht zur Kenntnis und spricht kein Wort, hin und wieder streicht sie sich – eine sehr weibliche Handbewegung – über das Haar. Ihr Gesicht ist ruhig, ernst, nicht zürnend, auch nicht leidend, eher wie bei alten Statuen, die ohne Leben sind. Heute hat sie meine Hand kein einziges Mal gedrückt. Die Ehe ist etwas Geheimnisvolles, ich nehme sie nicht mehr wie eine Frau wahr, sondern wie einen Körperteil, wie Hand oder Fuß. Als wären mir Hand oder Fuß abgeschnitten, und ich lebte jetzt in der Narkose weiter.

12. Dezember

Im Hospital. Vier Uhr nachmittags. Sie wirft das Hemd ab, liegt nackt, ächzt und stöhnt. Es ist schrecklich. Die Hilflosigkeit. Sie spricht nicht zu mir, sieht und hört mich nicht. Die Pflegerin sagt, zu Mittag habe sie gefüttert werden können. Ich weiß nicht, was ich machen soll.

13. Dezember

Schlaflose Nacht. Bitterer Mundgeschmack, wie nach einem Gelage. Ausreißen darf ich nicht, aber hierzubleiben ist sehr schwer. Heute wollte sie nicht essen. Die Pflegerin sagt, manchmal lächelte sie. Zu mir spricht sie kein Wort, auch nicht zu János.

18. Dezember

Vor zwei Tagen hat sich an ihrem Hals eine Geschwulst gebildet, so groß wie die Hand eines Säuglings. Sie kam ins nächstgelegene größere Krankenhaus, der Chirurg entnahm eine Gewebeprobe, der Befund: Karzinom. Dem Internisten zufolge ein Krebs, gegen den keine der drei Therapien – Operation, Bestrahlung, Chemotherapie – hilft. Wenn die Geschwulst nach innen wächst, muß L. künstlich ernährt werden. Er fragt, ob ich einverstanden bin.

20. Dezember

Man hat sie aus der Mercy-Klinik in die Missio Convalescence zurückgebracht, wo sie die vergangenen fünf Wochen lag. Dasselbe Zimmer, dasselbe Bett, die Nachbarin auch jetzt eine senile Alte, die den ganzen Tag im Rollstuhl sitzt, eine Serviette um den Hals, und gefüttert wird. L. ist still, manchmal streicht sie mit den Fingerspitzen über das Laken, wie in letzter Zeit auch zu Hause, mechanisch, als streiche sie Falten glatt. Sie weiß nicht, daß ich da bin. Dem Arzt zufolge – ich habe eine »second opinion« erbeten – könnte »ganz leichte Chemotherapie, wöchentlich eine Injektion«, das Wachstum der Geschwulst verlangsamen, aber nicht aufhalten. Die bekommt sie jetzt, jede Woche eine Injektion.

Eigentlich könnte ich gehen, denn L. weiß nicht mehr, daß es mich noch gibt und daß ich geordnet habe, was zu ordnen war (Geld usw.). Irgendwie wäre es feige zu gehen. Aber heute hatte ich zum erstenmal im Leben das Gefühl, daß mich nichts mehr bindet. Es wäre beruhigend zu wissen, daß ich noch über den Tod bestimmen kann und nicht ohnmächtig auf den Verfall warten muß. Heute könnte ich vielleicht noch ... Aber ich schäme mich, in den Tod zu flüchten, solange Lola lebt. Ich denke an den Tod so gelassen wie an das letzte große Geschenk. Noch einen Atemzug lang weiterleben, halb blind, taumelig, angeekelt von allem, was mich früher anzog, widerwillig zum Schreiben zurückkehren. Falls es nicht zu spät ist. Heute vor einer Woche habe ich an L.s Hals die Geschwulst bemerkt, bei den Untersuchungen davor wurde Krebs nicht einmal im Ansatz festgestellt, diese Möglichkeit hat kein Arzt je erwähnt. Binnen einer Woche hat sich alles tödlich – im wahrsten Sinne des Wortes – verändert. Das kann auch mir passieren.

21. Dezember

Im Hospital. Ich komme gerade zur Abendfütterung. Sie kann noch Flüssiges schlucken, das ihr mit dem Löffel eingeflößt wird, aber nur wenig, und danach ist sie aufgeregt, wirft und wälzt sich, röchelt. Allmählich beruhigt sie sich. Die Geschwulst ist in einer Woche auf das Doppelte angewachsen und jetzt so groß wie ein Tennisball.

22. Dezember

Bei dem Arzt, den ich um eine »second opinion« gebeten habe. Ich kenne ihn schon länger, ein Amerikaner, ich glaube, er ist anständig. Er sagt, L. kann noch einige Monate leben. Sie muß durch ein Röhrchen ernährt werden, das durch ihre Nase eingeführt wird, aber »das schmerzt nicht«. Die Chemotherapie heilt nicht, verlangsamt jedoch Entwicklung und Wachstum der Krebsgeschwulst. Ein freundlicher Mann, er möchte helfen und gesteht, daß er es nicht kann.

24. Dezember

Weihnachtsabend, im Hospital. Seit 62 Jahren ist dies der erste Weihnachtsabend, den wir nicht zusammen verbringen. Als ich komme, ist das Zimmer bereits dunkel, die Kranken sind zur Nacht fertig gemacht. Sie sieht nicht und erkennt mich nicht, ich halte ihre Hand, sitze eine Stunde am Bett. Ich hätte nicht geglaubt, daß ich diesen Abend erlebe. Die Wirklichkeit ist Gleichmut. Ich kann nicht protestieren, aufbrausen, anklagen. Die ganze Sinnlosigkeit und Unbarmherzigkeit des Lebens. Es gibt weder »Worte« noch Gefühle, Emotionen. Wie wenn alles ausbrennt, das in einem langen Leben glomm oder loderte. Wir kommen aus dem Nichts und verschwinden im Nichts, alles sonst ist kindliche Phantasterei. Was dazwischen liegt, ist manchmal wunderbar, manchmal ohne Sinn und Zweck. Ich wußte es immer, aber heute abend, im Krankenhaus von San Diego, habe ich mich endlich damit abgefunden. Wäre sie zu Hause, würde ich mit uns beiden Schluß machen. Aber so gehört es sich nicht. Kann sein, auch das ist nur Feigheit.

Heute vor 41 Jahren: Weihnachtsabend in einem Gartenhaus in Leányfalu. Ohne Strom, ohne Heizung, ohne alles. Die ganze Nacht lang Kanonendonner, Bomben detonieren, am anderen Donauufer kämpft die Sowjetarmee schon vor Újpest. Die Nazis sind dabei, das Dorf zu verlassen, die Russen im Anzug. Damals glaubte ich, tragischere Situationen könne es nicht geben. Dieser Weihnachtsabend, 41 Jahre später, ist auf andere Weise tragisch. Damals wußte ich noch zuinnerst, daß es auch anders ginge, daß es sich lohnte, am Leben zu bleiben. Jetzt glaube ich es nicht mehr. Was dazwischen war: Kontinente, Veränderungen, die »Literatur«, die Heimsuchung und Lichtblick sein kann, in Wirklichkeit aber immer Koketterie, Eitelkeit, habsüchtige und aufdringliche Erbötigkeit ist. Dann und wann eine Zeile, ein Wort, das wie ein Atom von innen strahlt.

Aber das ist nur Koketterie, »ätsch, ich weiß es besser«. Ich weiß gar nichts. Unter so vielen Milliarden Himmelskörpern, wie es sich in Zahlen nicht ausdrücken läßt, tritt auf einem Planeten die chemische Reaktion ein: das Leben. Bewußtsein entsteht nur, wenn es aus einem organischen Organismus strahlt. Alles sonst ist Papperlapapp. Aber es gibt die »Aura«, die Strahlung, Inhalt der Persönlichkeit.

Gestern abend ein idiotischer Taxifahrer, der mich auf falscher Strecke, durch die Stadt, aus dem Hospital nach Hause fährt. Leuchtreklamen, Girlanden, Klingeling, Stillenachtmusik, aufdringliche Weihnachtsgeschäftigkeit. So etwas Großartiges sei der Tod vielleicht gar nicht, meinte Babits. Möglich. Aber das »Leben« ist etwas Großartiges, denn es ist ohne Sinn und grausam.

29. Dezember

Mittags und abends im Hospital. Sie röchelt, erbebt, ist bewußtlos, sieht nicht, hört nicht, der Gesichtsausdruck ist starr und zeugt nicht von Schmerzen. Die Pflegerin sagt, sie glaube nicht, daß sie bei Bewußtsein ist. Am Abend berichtet die Nurse enthusiastisch, die Fütterung mit dem Löffel sei »zu 80 Prozent« gelungen. Die Geschwulst am Hals unverändert. Morgen beginnt die Chemotherapie, jede Woche eine Injektion. Viel erhoffen sie sich nicht davon, nur, daß sich die Geschwulst zurückbildet und keine künstliche Ernährung nötig wird. Von der intravenösen Ernährung sagt der Arzt, daß sie das Leben nicht verlängert, aber Schmerzen im Magen hervorrufen kann, weil der leere Magen nach einiger Zeit sich selbst zu fressen beginnt.

Manchmal Scham, daß ich lebe.

Nachts lese ich kürzlich veröffentlichte Erzählungen und Zeitungsartikel aus Krúdys Nachlaß. Ich vermag nichts anderes zu lesen.

30. Dezember

Abends ist sie ruhig. Mittags hat sie nichts gegessen, aber ein wenig getrunken. Mit der Chemotherapie haben sie noch nicht begonnen, warum, weiß ich nicht. Aber ich dränge nicht, es ist keine Heilung, nur Verlängerung. Abends schlief sie, als wäre sie schon am anderen Ufer, vollkommen ruhig und fern von allem und jedem. Eigentlich könnte ich »gehen«, denn sie braucht mich nicht mehr, weiß nicht, ob es mich gibt oder nicht. Wenn ich ginge, wäre es so, wie der sterbende alte Bischof zu Richelieu sagte: »Ich gehe nicht weg, ich gehe nur vor.« Aber vielleicht gibt es doch eine Möglichkeit, daß wir gemeinsam gehen. Kein »mercy killing«, dazu fehlt mir die Kraft. Und immerfort höre ich eine Stimme, wie wenn die Nadel des Plattenspielers in einer Rille hängenbleibt und immerzu dasselbe erklingt: »Alles wird anders.«

31. Dezember

Silvesternacht. Seit zwei Tagen hat sie nichts gegessen, nur Flüssiges bekommen. Röchelt. Schüttelt sich, wirft sich. Sie bekommt ein Schlafmittel, aber ihr Gesicht bleibt leidend. Ihre Nachbarin in dem halbdunklen Zimmer, eine senile alte Frau, schläft ruhig. Auf dem Flur fahren die Greise im Rollstuhl spazieren, der eine oder andere schaut herein, ob die Zellennachbarin noch lebt. Dies ist eine Hölle des Schmerzes und der Qual, wie ich sie mir nicht hätte vorstellen können.

1986

1. Januar

Schon um halb acht abends warten die Kranken in dunklen Zimmern auf die Nacht, den betäubenden Schlaf, der manchmal kommt, manchmal ausbleibt. Die Pfleger empfangen mich mit einem freundlichen »Happy New Year«, und darin ist ein Beiklang von widerwärtiger, pervershöhnischer Ironie: Was kann an diesem Ort und für mich und L. noch happy sein? Als ich an ihrem Bett sitze, ist sie ruhig, als schlafe sie, aber ihre Ruhe, ihr Friede ist keine Befriedung des Lebens, sondern eine zwischen Leben und Tod dämmernde absolute Realität. Auch heute hat sie nicht mehr als »25 Prozent« gegessen. Ab und zu trinkt sie, Flüssiges kann sie noch schlucken.

Neujahr. Unser Leben ist vorbei, sie hat vielleicht noch ein paar Wochen, kein Leben, nur dahindämmerndes, bewußtloses Dasein. Für mich ist dieses Jahr das Ende des Lebens – selbst wenn ich es überlebe. In diesem Dämmern ist alles, was das Leben gebracht hat, sinnlos, beinahe grotesk.

4. Januar

L. ist gestorben.

14. Januar

Einäscherung.

4. Februar

Heute vor vier Wochen ist sie gestorben, Samstag nachmittag um 1 Uhr 40. Aber niemand weiß den genauen Zeitpunkt des Todes. In den letzten zwei Stunden atmete sie ruhig und regelmäßig. Ihre eine Hand hielt ich, ihre andere die Pflegerin, die den Blutdruck kontrollierte. Dann bedeutete sie mir, das Gerät zeige nichts mehr an. Aber sie atmete noch. Sie »hauchte ihre Seele aus«, im Wortsinne. Ich blieb noch eine halbe Stunde sitzen und betrachtete ihr Gesicht. Es war nicht »ernst«, auch nicht »schöner« geworden, es war anders. Alles, was die Kosmetik des Lebens dem Gesicht eines Menschen aufprägt – Leidenschaft, Schmerz, Heiterkeit, Betrübnis –, war aus ihrem verschwunden. Das Ernste, Edle, das in lebendigen Gesichtern stets etwas verdeckt.

8. Februar

Die Bestattung. Nach der Einäscherung blieb die Urne noch eine Woche in der Leichenhalle, eingehüllt in den knöchellangen Abendmantel aus schwarzem Samt, den sie bei der Premiere meines Stückes *Abenteuer* in Budapest trug. – Am Vormittag holen mich János und Harriet ab, wir fahren nach Mission Beach, hier wird ihre Asche in den Ozean gestreut. Keine kirchliche Zeremonie, keine Einladungen – so wollte sie es. Wir sind zu viert auf dem Schiff, ein Beamter und wir drei. Das Wetter ist trüb, die See ruhig. Das kleine Schiff fährt ziemlich weit hinaus, vier bis fünf Meilen. Während der Fahrt unterhält sich János mit dem Beamten, der auch der Steuermann ist. Ich sitze mit Harriet in der Kabine, auf dem kleinen Tisch ein zugeklebtes und versiegeltes Paket, nicht größer als eine Hutschachtel, darin befinden sich ihre sterblichen Überreste. Den Scheck habe ich János gegeben, ich sehe, wie er ihn dem Beamten reicht, der leutselig nickt. Dieser Mann ist ein moderner Charon, der die Toten über den Styx befördert, hier in dieser Bucht, damit sie in den Hades gelangen. Weit draußen stoppt das kleine Schiff, der Steuermann fragt mich, ob er beim Ausstreuen der Asche ein Gebet lesen solle. Ich verneine. Er nimmt ein Taschenmesser und schneidet das Paket auf, zieht einen Plastikbeutel heraus und streut die zwei, drei Handvoll Asche, die er enthält, in den Ozean. Ich höre ihn den Namen murmeln, Ilonamarai. Wir drei stehen reglos. Wieder an Land, verabschiedet sich Charon höflich und sagt wie ein Kaufmann zum Kunden: »Thank you, call again.«

9. Februar

Ich habe veranlaßt, daß ich auf die gleiche Weise bestattet werde. Es mag gekünstelt wirken, ist aber immer noch besser als das spektakuläre Showbusineß, das mit dem Tod im allgemeinen betrieben wird: Pferde mit Schabracke, Singsang der Geistlichen, dann liegt der Sarg lange Jahre im Erdboden, vom Grundwasser und Regen zersetzen sich die Bretter, Würmer kriechen durch die Ritzen und machen sich über das Fleisch des Toten her ... So ist es hygienischer: Feuer und Wasser, eine Sache von Minuten. Dann das Nichts. Der Tod ist Mysterium und Realität in einem. Vor dem Mysterium sollst du schweigend stehen oder besser knien. Die Realität mußt du akzeptieren. Alles andere ist widerlich, unrein, unwürdig des einzigen menschlichen Mysteriums, des Todes.

Ich bin Witwer, und das ist geradezu grotesk. Ich lebe in der Realität, wie vorher, erste Person Einzahl. In den zurückliegenden 62 Jahren und acht Monaten (das ist die Zeit, die wir nach der »Unterschrift« zusammengelebt haben – denn eigentlich waren wir die ersten Hippies, wir haben nicht »Hochzeit gehalten«, sondern nur ein Papier unterschrieben, einen Zeugen nahm ich von der Straße mit, einen Dichter namens István Szegedi, der zufällig vorbeikam und uns auf das Standesamt begleitete, der andere war L.s verzweifelter Vater, der entsetzt herbeieilte, als er hörte, wir wollten »unterschreiben«. In den zurückliegenden sechs Jahrzehnten immer zusammen, im Wachen und Schlafen, körperlich und anders, beide durch Abenteuer stolpernd und immer wieder zurück, zueinander flüchtend, durch schäbige und großartige Lebenssituationen, immer zusammen. Jetzt allein in einer Leere, wie sie im Weltraum den Astronauten umgibt, wo die Gravitation, die ihn in Erdnähe hielt, nicht mehr wirkt. Alles schwebt, er, die Gegenstände, die Welt.

Stille Tage. Das Gefühl der Befreiung, wenn man Witwer wird, lerne auch ich kennen, aber es ist nicht so, als fühlte ich mich aus einer gefühls- und situationsmäßigen Bindung befreit, sondern anders: In den vergangenen Jahren konnte ich manchmal kaum die Verantwortung ertragen, alles zu tun, was getan werden mußte, damit ihre Augen und ihr Gehör gesundeten, damit sie zu Kräften käme, nicht schwindelig, nicht ohnmächtig würde, weder auf der Straße noch zu Hause ... Jahrelang haben wir Ärzte aufgesucht (entsetzliche Geschöpfe, Verkäufer, Händler, die Mägen, Augen, Herzen anbieten, menschliche Wesen sind selten darunter). Jetzt die »Befreiung«, weil ich für sie und ihre Gesundheit nicht mehr verantwortlich bin und mir nicht den Kopf zerbrechen muß, was ich noch tun könnte. Der letzte Brief des Arztes, als sie bestattet wurde: Sie hatte Krebs, »wir konnten nichts tun«. Die Augenblicke, wenn mich unsinnige Wut und Zorn überkommen und ich Gott zürne (falls es ihn gibt), weil er kein Erbarmen hatte und zuließ, daß sie litt. Dann die große Müdigkeit, Gleichgültigkeit. Wie ein toller Hund fällt mich aus dem Dunkel der Schmerz an und beißt, daß ich aufschreie. Dann ist es vorbei, und wieder die Gleichgültigkeit. Die Leere, die im Augenblick ihres Todes begann, die völlige Leere, und nichts kann sie füllen. Sie starb wie ein edles Gewächs, das ein eisiger Wind verdorren ließ. Jetzt hat der Ozean sie aufgenommen, und geblieben ist das Nichts, das mehr »ist« denn alles, was »ist«.

In den letzten drei Monaten habe ich kein Buch aufgeschlagen. Jetzt, da ich »befreit« bin, lese ich wieder: Cervantes, *Don Quijote* (auf englisch), und Voltaire, *Ludwig XIV.* (auf französisch). Business as usual.

Gehen auf der Straße, und auch zu Hause, ist Taumeln. Die alte Putzfrau, die einmal in der Woche die Wohnung reinigt, ist das einzige Lebewesen, mit dem ich spreche.

14. Februar

Lebenssituationen eines Emigranten. Nach L.s Tod hat für mich eine neue Variante der Emigration begonnen. Andere wollen unbedingt Aufsehen erregen, überall und um jeden Preis ihren Namen sehen und hören. Ich will unter keinen Umständen Aufsehen erregen. Meinen Namen nicht lesen, von mir nicht hören, verschwinden.

Träume. Nicht von »ihr«, sondern von ihrer Stimme, ihrem Gesicht, das geblieben ist. Wie die Hotline, die Moskau und Washington verbindet – keine Stimme, sondern eine Laufschrift übermittelt die Nachricht –, so sehe ich im Traum Buchstaben, die sich bewegen. Ich glaube, sie teilt mir auf diese Weise etwas mit. Manchmal nur ein Wort. Dann: »Bist du da?« (Das fragte sie, als sie nicht mehr sah und hörte.) Im Traum antworte ich: »Ich bin da.« Wieder läuft die Schrift: »Alles ist anders.« Dann: »Mincsike (ihre Mutter) bringt das Frühstück. Aber sie weiß nicht, daß ich hier bin. Alle vier Kinder sind hier.« (Wer die vier Kinder sein könnten, weiß ich nicht.) Und wieder: »Alles ist anders.«

Aus dem Hospital, aus den Labors, von den Ärzten kommen in einem fort Rechnungen über hohe Beträge. Ein Bett für einen Tag in einem Zweibettzimmer: 300 Dollar. Arzt, Medikamente, Labor noch extra. Lebte sie noch, sie würde krank vor Aufregung, wenn sie die Rechnungen sähe. Mir ist es nicht wichtig, dazu haben wir das Geld ja gespart. Die Straßenräuberei, die die Medizin und ihr Umfeld betreiben, ist ekelerregend. Bloß nicht in ihre Hände geraten; fliehen. – Die enthumanisierte Medizin, die Industrie.

18. Februar

János ist 45 geworden. Ich sehe noch den dreijährigen blonden Jungen, wie er daheim im Garten vor mich hintritt und sich vorstellt. L. hatte es so arrangiert. Hinter der Begegnung liegt eines der stillen Rätsel unseres Lebens. L. ist gegangen, János und ich, wir sind noch hier.

In einer Waffenhandlung am Stadtrand. Hier habe ich vor zwei Wochen eine Waffe gekauft, und jetzt hat die Polizei den Fragebogen zurückgeschickt. Jetzt übergeben sie mir die Pistole, packen sie sorgsam und diskret ein, dazu bekomme ich 50 Patronen. Als ich den Verkäufer aufmerksam mache, so viele Patronen seien vielleicht mehr, als ich unbedingt benötige, zuckt er mit den Schultern und sagt gleichmütig, man könne ja nie wissen. Im Laden hängen rundherum Waffen jeglicher Art, Jagdgewehre, Maschinenpistolen. Die Kunden schlendern umher, sehen sich die Waffen an, die meisten sind junge Burschen in Lederjacken.

In Amerika hat jeder das Recht, Schußwaffen zu besitzen. Ich nehme ein Taxi nach Hause, der Fahrer erkundigt sich, was ich gekauft habe, und hört zufrieden: einen Revolver. »Immer gut, einen zu haben«, sagt er. Zum erstenmal seit Monaten empfinde ich etwas wie Beruhigung. Ich habe keine Selbstmordpläne, aber wenn es so weitergeht mit dem Altern, dem Verfall und der Hilflosigkeit, möchte man doch wissen, daß man jeden Augenblick diesem demütigenden Niedergang ein Ende setzen kann und nicht befürchten muß, auf eine der institutionellen Müllkippen zu geraten, ins Krankenhaus oder Altersheim. Aber auch dazu braucht man Glück, ein Schlaganfall kann die Flucht verhindern.

In der Nacht Voltaire. Das 17. Jahrhundert, die Bürgerkriege. Sie mordeten mit religiösen Losungen, nur um morden und rauben zu können. Wie heute. Wie morgen und immerdar.

20. Februar

Die Weihnachtsabende. 63mal Weihnachten. In Berlin, Paris, Florenz, Kaschau, Neapel, New York, Salerno, San José, San Diego. Und anderswo. Immer zusammen. Das letzte Weihnachtsfest jetzt vor zwei Monaten im Krankenhaus von San Diego. Sie sah und hörte nicht mehr, sie war nicht bei Bewußtsein, aber sie wußte, daß ich bei ihr bin und ihre Hand halte.

Der Zorn. Keine Rührung, kein Sinnieren, nichts. Aber Zorn. Manchmal brüllender Zorn. Weil sie gestorben ist. Zorn auf den Arzt, weil er nicht helfen konnte. Zorn auf Gott (so es ihn gibt), weil er nicht half, und Zorn auf Gott (so es ihn nicht gibt), warum es ihn nicht gibt, wenn Hilfe gebraucht wird. Zorn auf die Menschen, weil sie nicht halfen. Und auf mich, weil ich nicht mehr tun konnte. Zorn auf sie, weil sie gestorben ist. – Der Zorn. Die Scham, daß ich hier die Zeit stehle, nutzlos.

Abends um sieben. Um diese Zeit, wenn ich vom halbstündigen Abendspaziergang heimkam, zerknitterte und glättete sie mit beiden Händen das Bettuch, immer wieder. Sie sah und hörte nicht mehr, sie hatte den Krebs in der Kehle und konnte nicht sprechen, das Bettuch zu glätten war die letzte Möglichkeit, etwas zu tun. »Ordnung machen«, sagte sie manchmal. Aber was ordnen? Das Leben? Den Tod? Und immer wieder: »Wie langsam ich sterbe.«

Habe ich sie geliebt? Ich weiß es nicht. Liebt man seine Beine, seine Gedanken? Nur hat eben nichts einen Sinn ohne die Beine oder die Gedanken. Auch ohne sie hat nichts einen Sinn. Ich weiß nicht, ob ich sie »geliebt« habe. Es war anders. Ich »liebe« auch meine Niere und meine Bauchspeicheldrüse nicht. Nur sind eben auch sie beide ich, wie auch L. ich war.

Ich will nicht sterben, noch nicht. Aber ich habe den Revolver in den Nachttisch gelegt, damit er zur Hand ist, wenn ich sterben will. Kann jedoch sein, auch das wird anders. Alles ist anders.

25. Februar

Das Wochenende am Meer, in János' Haus. Nach acht Monaten sehe ich den Ozean zum ersten Mal aus der Nähe. Der Ozean ist so still wie sein Name; silbergrau. Wir fahren nach Escondido, János und Harriet sind taktvoll, sie bringen mich zum Meer, wie man jemanden zum Friedhof begleitet. Auf der Rückfahrt ist mir übel. Das vergeht auch später nicht. János' Haus ist still und beruhigend. Nachts und in der Fremde ist es auch beruhigend, daß ich in San

Diego, im Nachttisch, einen Revolver habe. Nicht die »Verzweiflung« macht, daß ich daran denke, sondern weil er die einzige Möglichkeit ist, aus einer schändlichen Situation zu flüchten. Die schändliche Situation ist das Leben, diese groteske Illusion.

Zurück nach San Diego. Nachts Voltaire, Frankreich um 1650, die Fronde, der Bürgerkrieg, Prince de Condé, Ludwig XIV. (16jährig), der raffinierte Italiener Mazarin. Überall Mord und Raub. Städte werden getauscht, man plündert und henkt, alles geht weiter. Wie im 20. Jahrhundert. Und unverändert, solange es Geschichte gibt.

28. Februar

Ihr Fehlen? Wie Gier nach Luft. Nicht nur Worte und Dinge erinnern an sie, auch die Luft. Auch der Luft fehlt etwas.

Der Roman *Scheidung in Buda*, den ich vor einem halben Jahrhundert geschrieben und nie wieder gelesen habe, wurde in mehrere Sprachen übersetzt, fand sich in englischer Fassung jetzt in einem Überseekoffer. Ich habe ihn H. gegeben mit der Bitte, ihn abzutippen, und einige Teile vorgelesen. Aus heutiger Sicht enthält er überraschende Informationen über eine fast zur Gänze vernichtete Klasse der ungarischen Gesellschaft, das gebildete Bürgertum. Der anmaßende Graf, der jüdische Parasit und der christliche Landadlige sowie der Bauer auf der einen, das gebildete, begabte ungarische Bürgertum auf der anderen Seite – allerdings am ehesten in Oberungarn und Siebenbürgen. Beneš und die Totengräber haben es ausgerottet. Und jetzt die Kommunisten, vorher die Nazis.

7. März

Vor zwei Monaten ist sie gestorben. Ihr Gesicht im letzten Augenblick, als sie aus dem Krankenhausbett in die Leichenhalle gebracht wurde. Die überaus geheimnisvolle Ernsthaftigkeit, wenn der Tod alles wegwischt vom Gesicht, was vorher Kosmetik war: das Lächeln, das Schelmische, das Schöne. Was bleibt, ist nicht »erhaben«, es ist anders, unsagbar. Sie bittet nicht, sie ruft nicht, sie teilt nichts mit. Wie jemand, der etwas weiß und sein Leben lang darüber geschwiegen hat.

Im Traum wieder die Hotline. Die Buchstaben laufen im Spiegel des Traums wie der Text im Spiegel des Computers oder Fernsehers. Wie Moskau und Washington in kritischen Augenblicken einander Mitteilungen machen. Lange Texte, Informationen, Namen, an die ich nie gedacht habe, fertige Sätze, verständlich formuliert, weit zurückliegende Ereignisse. Wo waren sie, in welcher »memory bank«? Unverständlich. Möglich, daß auch die Schrift etwas ins Bewußtsein ruft, das einmal geschehen ist.

Niedertracht, menschliche Bestialität, unverminderte Mordlust, Habgier, Trägheit, das alles hat sich bis heute nicht geändert. So bleiben zwei Möglichkeiten, daß der Mensch für Augenblicke mehr und anders sein kann, als er ist: Barmherzigkeit und Wollust. Das sind die beiden Schwellen, vor denen die blutrünstige Bestie innehält. Barmherzigkeit, die jedoch nicht Liebe ist. Liebe kann zähneknirschender Egoismus sein. Barmherzigkeit ist nicht »Liebe«, sie bedarf nicht der Erwiderung, sie urteilt nicht. Sie ist nur barmherzig, bedingungslos, für Augenblicke, auch wenn der, gegen den sie barmherzig ist, dessen nicht »würdig« ist. Und die Wollust, dieses Mehr. Die leibliche Wonne, in deren Hitze jeder Egoismus verglüht. Und die andere, die sublimierte Wollust, der Kunst, des Geistes, der Musik. Das »Mehr«. Alles andere ist Zoologie.

Und daß ich es ihr nicht sagen kann. Was? Alles, jeden Tag. Manchmal rede ich mit ihr, wie im Leben, als sie nicht mehr sah und hörte und von Zeit zu Zeit fragte: Bist du da? Ich berichte ihr mit wenigen Worten, was ich mache. Daß sie es hört, glaube ich nicht. Ich glaube gar nichts. Ich bin hundemüde. Manchmal versuche ich mir ins Gedächtnis zu rufen, was in den 62 Jahren nicht gut war. Auch das hilft nicht.

Der Schlußteil des ersten Bandes der *Bekenntnisse eines Bürgers* ist ins Englische übersetzt worden, jetzt schickt man mir das Manuskript. Ich lese es, und aus einem halben Jahrhundert Entfernung fällt mir der Augenblick ein, als mein Vater im Miskolcer Krankenhaus starb. Und der andere Augenblick, als der kleine Kristóf im Pester Kinderkrankenhaus starb. Und der Augenblick vor zwei Monaten, als L. im San Diegoer Hospital zu atmen aufhörte. Ihre schönen Augen – das linke grün, das rechte blaugrau – waren nicht geschlossen. Auf beiden sah sie nicht mehr, seit zwei Jahren war sie fast blind.

Nachts kommt auf der Hotline der Text. Wie man Selbstmord begeht. Am besten mit der Pistole, aber ganz sicher ist das auch nicht. In den Mund oder in die Schläfe? Und wie man die Pistole hält (sie liegt im Nachttisch). Was sicherer ist, mit offenem Mund daliegen, oder wie ... Die Antwort, das sind runde Sätze, vortragsmäßig, sachkundig.

11. März

Der Augenblick, wenn das Untier aus dem Dickicht springt. Der Zorn. Erst wurde sie blind und taub, dann wurde sie in die Matratzengruft gebracht, weil ihr schwindlig war und sie nicht gehen konnte, dann warf man sie ins Feuer, dann ins Wasser, jetzt ins Nichts. Dieses Psalmodieren über »Gnade«. Es gibt keine »Gnade«. Es gibt nur dunkle, gnadenlose Gleichgültigkeit. Den Haß gegen alles, was aus den fühllosen Tagen und Nächten ausbricht. Das erleichtert das Warten auf den Augenblick, wenn man alles hier ohne Bedauern und Selbstmitleid verlassen kann. – »Und dein Wille geschehe.« Auch das ist bloß Feigheit.

17. März

In L.s Tagebuch Zeilen darüber, daß der »15. November« ein gefährlicher Tag ist, jedes Jahr sei an ihm serienmäßig etwas Schlimmes geschehen. – Wie für mich der 6. April. An diesem Tag starb der kleine Kristóf. Heute vor einem Jahr stürzte L. an diesem Tag und kam nie mehr richtig auf die Beine. In dem Buch, das ich lese, ein herausgerissenes Kalenderblatt als Lesezeichen: 6. April.

Eisiger Märzwind. Völlige Erschöpfung. Todessehnsucht.

25. März

Jeden Tag »ein Brief« von L. Einige Notizbuchseiten, mit dem Bleistift geschrieben. Jetzt Salerno, November und Dezember 1975. Ich nehme diese Notizhefte auf gut Glück heraus, es sind viele.

Nachts Voltaire. Mühsam; jetzt verschlechtert sich auch das rechte Auge. Mit dem linken sehe ich gerade noch Konturen.

Ich bin dermaßen müde und schwach, daß ich nur noch selten auf die Straße gehe, bei jedem Schritt muß ich befürchten hinzufallen. Aber noch gehe ich. Lang hinschlagen, damit ich den diplomierten Abdeckern, den Ärzten, in die Hände falle, das verschiebe ich noch. Es ist nicht sicher, daß ich handlungsfähig bin, wenn der Augenblick kommt, da ich handeln muß.

Wenn sich meine Augen weiter so verschlechtern, werde ich dann noch die Pistole im Nachttisch finden?

Wenn sich das Leben eines Schriftstellers in die Länge zieht, erwartet man von ihm eine Summa vitae, eine Art zusammenfassende Philosophie. Ich weiß von keiner Summa vitae. Und zusammenfassend nur, daß die Menschen nicht so gefährlich sind, wenn sie »schlecht« sind, sehr wohl aber, wenn sie dumm sind. Und es gibt viele dumme Menschen. Sie sind gefährlich.

28. März

Ein Reflex, der sich wiederholt: Nach dem Aufwachen, noch im Halbschlaf, strecke ich – wie 62 Jahre und acht Monate lang nach jedem Aufwachen – die Hand aus, um ihre Hand zu ergreifen. Als da nichts ist, was ich ergreifen könnte, das Entsetzen: Wo ist sie? Im Wohnzimmer? Im Bad? Gestürzt ...? Auf einmal verstehe ich: Sie ist nicht hier, sie ist gestorben. Das ist der Augenblick des Aufwachens. Ihm folgt, immer tiefer drinnen, der Widerwille. Ein Widerwille, daß sie nicht hier ist. Weil sie gestorben ist. Weil alles Lüge ist, was Pfarrer und Ärzte und alle möglichen Menschen jemals über den Tod gebrabbelt haben. Die Tatsache des Todes löst Abscheu aus.

Die zwei mystischen Augenblicke im Dasein: wenn im befruchteten Ei eine unheimliche, gewaltige Kraft zu wirken beginnt, das Leben – und wenn in den Zellen diese

Energie zu arbeiten aufhört und eine andere unheimliche, gewaltige Kraft zu wirken beginnt, der Tod. Das und nicht mehr ist die Wirklichkeit. Alles sonst ist billige Illusion und abstoßend.

Durch alles hindurch leuchtet das Gesicht der Sterbenden: der Ernst, der sich in einem noch lebenden Wesen zeigt, bevor die Lebensenergie erkaltet. Dieser Ernst hat keine Ähnlichkeit mit irgend etwas anderem. Die großen Maler und Bildhauer vermochten ihn auch nicht festzuhalten.

29. März

Ostersamstag, Auferstehung. Vor 42 Jahren Abendessen im Haus eines Schauspielerehepaars in Leányfalu. Es gab bereits die Anordnung, die Juden zum Tragen des gelben Sterns verpflichtete. Die Gastgeberin ist Jüdin, jeder bekommt als Geschenk einen gelben Stern neben den Teller gelegt. Auch L. bekommt einen. Damals begann das aberwitzige, blindwütige Judenmorden. Das Verkriechen, das Verstecken, die Schande; die Verschleppung von L.s Vater nach Auschwitz. Vor 42 Jahren zeigte eine Gesellschaft ihr wahres Gesicht: Ausbrüche des Hasses, der Raffgier, der Grausamkeit in allen Spielarten. Das kann man nie vergessen noch vergeben.

6. April

Der fatale Tag in unserem Leben. Kristófs Sterbetag. Heute vor einem Jahr stürzte L. im Schlafzimmer beim Bettenmachen. Wir dachten, ein Sturz wie mehrmals vorher, ein Stolpern oder der Kreislauf. Aber nein. Es begann mit dem gebrochenen Arm die Wandertour ins Hospital, zu Ärzten, zu den hiesigen diplomierten Abdeckern. Einer ließ uns vier Stunden warten, bis L. geröntgt wurde. Die meisten sind geldgierige Krämerseelen. Danach verließ sie das Bett nur noch selten. Es folgte die »home therapy«, Pflegerinnen kamen und gingen, Haushalt, Krankenpflege, alles allein. Acht Monate lang. Dann die Manifestation des Krebses, die Geschwulst hinter dem Ohr. Das langsame Sterben, der Tod. Die letzten Minuten am Bett der Sterbenden, die Pflegerin maß den Blutdruck und zeigte mit friedlichem Lächeln: nichts. L. wurde sofort in die Leichenhalle gebracht. Die Bestattung zehn Tage später, weil sie eher nicht eingeäschert werden konnte. Der freundliche Charon auf dem kleinen Schiff. Jetzt ist es drei Monate her, daß sie ins Wasser des Ozeans gestreut wurde.

In diesen drei Monaten scheint mir die Zeitrechnung verlorengegangen zu sein. Manchmal wache ich nachts um drei auf, morgens um zehn esse ich Abendbrot. Ich lebe Tag und Nacht ohne Zeiteinteilung. Ruhig und gelassen. Ich erwarte nichts, weder Gutes noch Schlechtes.

Mittagessen im nahen Chinarestaurant. Wirklich »chinesisch« ist weniger, was serviert wird, als vielmehr, was sie nicht geben: kein Brot zum Essen, keine Butter, keinen Salat, kein Messer. Auch Stäbchen fehlen, ich esse das kleingeschnittene, völlig überwürzte Hühnerfleisch mit einem Kaffeelöffel. In der zehntausendjährigen chinesischen Kultur ißt man ohne Messer. Aber sie haben die Atombombe.

Was ich in der Nacht las: Cervantes, *Don Quijote*, vielleicht der schönste Roman der Weltliteratur. Voltaire, eher langweilig. Gedichte von István Lakatos, einige davon hinreißend. – Kaum Ausgang; taumelnd, unsicher. Eisiger Frühlingswind. Bronchitis. Einschlafen, das wäre gut.

11. April

LXXXVI. – Am Vormittag wiederholtes Telephonklingeln, anhaltend, Anrufe aus dem Ausland. Ich nehme den Hörer nicht ab. Es liegt etwas Taktloses darin, länger zu leben, als es sich gehört. Wie wenn die Gastgeber über den Kopf des Gastes hinweg Blicke wechseln, wann geht er endlich?

20. April

Jeden Tag einige Seiten aus ihren Tagebüchern. Sie hat mehr als hundert Hefte hiergelassen. Mit dem Bleistift geschrieben, diszipliniert, wie gestochen. Sie hat alles aufgeschrieben, über Jahrzehnte, alle kleinen und großen Ereignisse aller Tage. Dieses Geschenk habe ich von ihr bekommen, aus dem Jenseits. Als käme jeden Tag ein Brief von ihr.

Völlige Müdigkeit. Einen Augenblick bevor es nicht mehr möglich ist, Schluß machen, nicht die Hilflosigkeit ertragen, den Rollstuhl, das Füttern, alle Torturen und Beschämungen des »nursing home«. Der Augenblick, daß ich dem zuvorkommen muß, kann nicht mehr weit sein.

Was ich lese: hin und wieder *Don Quijote*. Zeitschriften, oberflächlich. Memoiren von Beckett (der jetzt 80 ist): Lobpreisung des Verfalls.

26. April

Gang durch die Stadt, am Stock und jeden Schritt ertastend. Fremde bieten sich an, mir über die Straße zu helfen. Wenn ich stürze und ins Krankenhaus komme, habe ich keine Möglichkeit, dem Vegetieren im Pflegeheim vorzubeugen. Das wäre das schlimmste.

Das Groteske und das Absurde in der Literatur sind mehr als ein halsbrecherisches Hippie-Gezucke. Es gibt kosmisches »Groteskes« und »Absurdes«. In der westlichen Welt ist die erste Stufe das »Cogito, ergo sum«. Das Erwachen also aus dem scholastischen Absurden. Die zweite Stufe sind die Enzyklopädisten mit dem »Dubito, ergo sum« – der Mensch des Westens begnügt sich nicht mit der Existenz des Bewußtseins, er beginnt an der Rationalität der Existenz zu zweifeln und »klärt die Begriffe«. (Von Galileo und Tycho Brache über Kepler bis Diderot, Newton, Voltaire.) In diesem Jahrhundert haben wir die dritte Stufe, in der die neuzeitliche Astronomie das Universum abtastet, dessen ontologische Geheimnisse sich nicht rational erschließen lassen, der anthropomorphe monotheistische Gottesbegriff erlischt und der Deismus unserer Zeit heiser zu röcheln beginnt: »credo«, und »quia absurdum«.

Das »Sterben«. Die Ars moriendi. Ich sterbe jeden Tag ein wenig. Ich »lebe« nicht mehr, ich sterbe – gemächlich und gemütlich, ich lasse mir Zeit. Manchmal höre ich L.s Stimme – beim letzten Mal sagte sie unbewußt: »Wie langsam ich sterbe.« Man darf es nicht überstürzen, aber man darf den »guten Tod« auch nicht verpassen.

Die »Antigravitation«, von der die Physiker jetzt predigen. Ich verstehe das nicht. Neben der ständigen Anziehung die ständige Abstoßung, so etwas. Aber welchen »Zweck« hat sie? Absurd und grotesk.

13. Mai

Das Buch eines Botanikers namens László Oláh, *Tausendgesichtiger Riese*. Erschienen bei einem ungarischen Verlag in Toronto, finanziert wahrscheinlich vom Autor. Der ist ein emigrierter Ungar aus Kaschau, an eine Familie Oláh erinnere ich mich nicht, aber ich muß daran denken, daß ich Kaschau mit 16 Jahren verlassen habe, weil mich ein dummer Geistlicher aus dem dortigen Prämonstratensergymnasium hinausekelte; ich bekam das Consilium abeundi, weil unter dem Namen Ákos Salamon in einer Budapester Zeitung ein Feuilleton von mir erschienen war. Das Buch liest sich seitenlang wie meine Jugendlektüre *Die Abenteuer des Schneidergesellen András Jelky zu Lande und zu Wasser*. Wieviel diese Wissenschaftler doch reisen, die mit dem gleichen Interesse Jagd auf Schmetterlinge, Farne und Stipendien machen, wie sie die Tropen und die rätselhafte UNESCO erforschen! Es gab einen Typus mutiger und starker Forscher, wie Kőrösi Csoma und Aurél Stein, die aus eigener Kraft in die Welt hinausgingen. Heute wird eher nur genassauert, an den großen Universitäten stehen die Parasiten nach Stipendien Schlange. Aber Meister Oláh hatte wenigstens Verstand und einen guten Blick.

L.s Tagebücher, jeden Tag. Die zurückgespulte Zeit, für mich jetzt ebenso »Wirklichkeit« wie die Gegenwart. Dieses anrührende und packende Tagebuch ist ein großes Geschenk. Noch einmal durchlebe ich die Alltage und Träume unseres Lebens.

In der Waffenhandlung, wo ich die Pistole gekauft habe. Sie erklären mir, wie man die Patronen einlegt, damit die Pistole immer schußbereit ist.

Mein Gang ist taumelig. Vielleicht Blutarmut, vielleicht Kreislaufstörungen. Die Müdigkeit, die zuweilen verhindert, daß ich mich aus dem Lehnsessel erhebe, so sitze ich stundenlang. Auf der Straße ein paar Schritte, und mir schwindelt. Wenn ich stürze und ins Krankenhaus komme, kann ich die Pistole nicht benutzen. Ein ernsthaftes Problem.

20. Mai

Jede Nacht zwischen drei und vier erwache ich, weil sich die Hotline meldet. Sie hat keine Stimme, aber sie spricht, sie erzählt etwas, wie die grünen Lichtbuchstaben, die über den Computerschirm laufen. Sie erzählt alles. Aus der tiefen Vergangenheit, alle kleinen und größeren Geheimnisse unseres Lebens. Namen, Erinnerungen, Szladits (der alte?). Ich habe ihn nicht gekannt. Kernstock, längst verschwundene Leute. Dann alle Geheimnisse, die wir zwei hatten. Die Hotline schreibt flink Wörter, die Buchstaben flitzen. Das ist jetzt alltäglich. Unglaublich, was der organische »Chip« gespeichert hat, die winzige »memory bank«, Millionen und aber Millionen Namen, Erinnerungen. Und alles wird jetzt von ihr erzählt. »Ich spreche aus dem Wasser«, sagt sie manchmal. Vielleicht ist es so, und dies ist da drüben die Art und Weise, sich mitzuteilen.

Was ich lese: Cellini, *Autorittrato*. Auf italienisch. Zum ersten Mal vor 40 Jahren. Bevor ich das Licht ausmache, ungarische Gedichte von vor 400 Jahren und von gestern. Wie selten ist in einem Gedicht die »Poesie«. Gedichteschreiben ist keine Poesie. Manchmal ist ein Wort die Poesie.

21. Mai

Um vier Uhr nachts kommt die Hotline. Sie spricht lange, lange, die Stimme hat Musik und Blütenduft. Sie kann nicht aufhören. Ich lausche im dunklen Zimmer, besorgt, sie könne stocken, werde daran gehindert, »alles« zu sagen. Heute nacht hat sie »alles« gesagt. »Alles«, das ist ein langes Liebesgeständnis. Das Liebesgeständnis, auf das ich 62 Jahre gewartet habe, während wir irgendwie immerfort von etwas anderem sprachen. Im Leben kann man es auch nicht sagen, erst im Tode, aus der Tiefe des Ozeans, das Geständnis bricht empor wie ein heißer Wasserstrom aus den Tiefen des Meeresgrundes, wo die unterseeischen Vulkane lodern. Sie erzählt, daß sie mich geliebt hat, nur mich geliebt hat, von ganzem Herzen, 62 Jahre lang. Im Tagebuch schreibt sie immer nur so: »Er«. Oder: »Mit Ihm«. Oder: »Bei Ihm«. Jetzt sagt sie alles. Was mag das sein? Spreche ich oder sie? Das Geständnis dauert lange. Gegen Morgen gerät sie ins Stocken. Sie wiederholt einige Worte, wie wenn in einer Rille der Schallplatte die Nadel festsitzt und die Platte sich dreht, aber immerfort dasselbe wiederholt. Das Ende des Liebesgeständnisses. Nun habe ich auch das »erlebt«.

27. Mai

Ungarische Zeitschriften. In denen fehlt wenigstens das Heimweh. Dafür klingt das Fernweh durch, die Sehnsucht nach allem, was fremd, was fern, was anders ist.

Die Hotline, jede Nacht. L. schreibt nach Orvöstye an Tante Lujza, dort hat sie mit ihrer Freundin ihre schöne Mädchenzeit verbracht. Sie schreibt über alles, liebevoll und unkompliziert, ich sehe die Buchstaben und höre den lautlosen Ton, sie schreibt Briefe an die Toten. Sie schreibt aus dem Tod in den Tod, wie sehr allein sie ist. Das alles höre und sehe ich. Vielleicht ist es die nervliche Erschöpfung, vielleicht auch etwas anderes. Dann spricht sie, aber nicht mit mir, sondern einfach so, als wüßte sie, daß ich es auch höre. Sie sagt »alles«, auch das, was andere über sie und uns erzählen. Dieses »alles« weiß auch ich, aber niemand und nichts kann sie mir entfremden.

29. Mai

Am Meer. Zwei Stunden am Strand, alles ist neblig. Im Wasser irgendwo L., wo Charon sie hineingestreut hat. Eher Gleichgültigkeit als Trauer. Die Hoffnungslosigkeit des Daseins läßt mich gleichgültig.

In den Notizheften hat sie jeden Tag ihre Träume aufgeschrieben. Hinter manchen die Eintragung: »Was bedeutet das?« Wie Mallarmé, der zu einem jungen Dichter sagte: »Fragen Sie nie, was das sei. Fragen Sie immer nur, was es bedeutet.«

1. Juni

Ein Tag am Meer, in János' Haus. Das Auto fährt an dem Krankenhaus vorbei, wo L. vor fünf Monaten gestorben ist. Nichts ist so absurd und grotesk wie der Tod.

Am Vormittag sitze ich lange in einem Gartenstuhl im Patio. János und seine Töchter im Swimmingpool. Ich sehe wieder den Garten in Leányfalu, wo der Vierjährige zögernd und mißtrauisch vor mich hintritt, um sich vorzustellen. »Wir wollen Äpfel auflesen«, sagt er mutlos. 40 Jahre später steht er im Swimmingpool in Lacosta, in seinem aus eigener Kraft errichteten und gut ausgestatteten Haus, mit drei Kindern und Frau; ein amerikanischer Familienvater, angesehener Mitarbeiter einer großen hiesigen Firma. Die Variationen des Lebens, das »Alles ist möglich«, das Unendliche in allem.

Schlaflose Nacht in J.s Haus. Ich bin am Ende von etwas und gleichgültig.

Die Neger in Amerika. Vor 34 Jahren, als wir hier an Land gingen, forderten sie zähneknirschend, gleichrangig und nicht als Neger behandelt zu werden. Heute, 30 Jahre später, begnügen sie sich nicht mehr mit gesellschaftlicher und gesetzlicher Gleichrangigkeit, sie wollen Neger sein und fordern Erstrangigkeit.

5. Juni

Ungarische Zeitschriften. Immer mehr Leute wollen schreiben. Immer weniger wollen lesen. Unter der Überschrift »Buchschicksalswende« schreibt jemand, in Ungarn habe die kommunistische Regierung 1985 vier Milliarden Forint (80 Millionen Dollar) für die »Buchproduktion« ausgegeben. Bücher im Wert von einer Milliarde konnten abgesetzt werden, die anderen blieben »Lagerbestand«. Gekauft werden Fachbücher, dann Tratsch und Schund. Die Schriftsteller glauben, der kommunistische Vertrieb sei unabhängig von der Nachfrage, der Staat gebe alles heraus ... Das meiste werden sie nicht los. Wie hier.

Im Halbschlaf höre ich, deutlich artikuliert, ein Gedicht. Es geht so: »Öndöndenus / morakatenus / öndöndus.« Ein schönes Gedicht. Wie ein Nachhall aus der Kindheit. Ein Gedicht voller Klang. Kein »Sinn«, also ein Gedicht. Schon Goethe sagte, je schwerer ein Dichtwerk zu verstehen sei, um so besser.

Ein russisches Atomkraftwerk beginnt zu »schmelzen«. Die Zahl der Opfer bisher ... Ich kann die »Opfer« nicht bedauern. Man kann immer nur den einzelnen bedauern. Ein Mensch, das ist die Ganzheit. 100000 Menschen sind eine Zahl. *Scheidung in Buda* – nach 55 Jahren lese ich meinen Roman zum erstenmal wieder. Würde er hier herausgegeben, wäre es erstaunlich. Im hiesigen Bewußtsein ist »der Ungar«: ein Graf in Standestracht, ein Landadliger mit einem Gamsbart am Hut, ein armer Bauer in weiten Hosen. Doch es hat dort eine bürgerliche Gesellschaft gegeben, die in zwei Jahrhunderten ein »modernes« Ungarn erschuf. Davon handelt *Scheidung in Buda*. Dieses Ungarn kennen sie nicht.

Armer Gutenberg. Er glaubte, bewegliche Buchstaben würden die Literatur retten. Heute werden Gedanken vervielfältigt wie Wassertropfen vom Wasserfall.

15. Juni

Borges ist gestorben. Er war 86 Jahre alt, mein Jahrgang. Er starb in Genf, hatte Leberkrebs, der Zeitung nach wollte er in Genf sterben. Ein begabter Schriftsteller, ein originelles Talent des Jahrhunderts. Viele sind nicht mehr da aus diesem Jahrgang; vielleicht lebt Jünger noch. Unter den Ungarn zu Hause lebt kein Schriftsteller dieses Alters mehr. Auch ich nicht mehr lange. Gerade daß ich mich noch bewege, von Schreiben keine Rede. Mit der Aufmerksamkeit eines Ontologen tastete Borges in Argentinien den Menschen ab und erblickte in ihm das religiöse Tier.

18. Juni

Ich fahre im Taxi vor die Stadt zum Ausbildungscamp der örtlichen Polizei, wo Offiziere den Interessenten gegen eine ziemlich hohe Gebühr beibringen, wie man mit Schußwaffen umgeht. Die Fahrt ist aktuell, denn ich fühle mich nicht wohl, und ich möchte nicht mit einer Ungeschicklichkeit den Augenblick verpfuschen, wenn ich der langen Hilflosigkeit und Todeserwartung zuvorkommen will. Das Camp liegt außerhalb der Stadt, bei der Ankunft empfängt mich dumpfes Böllern, denn hier werden auch junge Polizeianwärter ausgebildet. Die zivilen Kandidaten, die sich zu diesem Kurs angemeldet haben, darunter auch ich, zählen ungefähr 30 Köpfe. Die meisten sind sehr jung, unter den Frauen ganz junge Mädchen, minderjährig. Das Recht auf Waffenbesitz ist in Amerika durch die Verfassung garantiert, in seiner Wohnung kann jeder einen Revolver haben, aber auf die Straße darf er ihn nur mit einer besonderen Erlaubnis mitnehmen. Ein Prospekt vermeldet, daß es derzeit rund 120 Millionen Schußwaffen im Privatbesitz amerikanischer Privatpersonen gibt. Nach statistischen Angaben waren im vergangenen Jahr 84 Prozent der durch Schußwaffen eingetretenen Todesfälle Selbstmorde. Zwei Polizeioffiziere halten einen Vortrag, wie man mit der »handgun« umgeht, worauf man achten muß, was erlaubt und was verboten ist. In der Wohnung darf man auf einen Einbrecher schießen, aber nur, wenn der Besucher den Bewohner vorher mit einer Waffe bedroht hat und so weiter. Die Zuhörer im Raum sind aufmerksam und schweigsam. Dieser offiziell veranstaltete Unterricht in der Technik des Tötens, wenn man so will: des Mordes und Selbstmordes, ist ein eigentümliches Beispiel dafür, wo wir leben und was das Leben wert ist. Nächste Woche beginnt der praktische Unterricht. Spät am Abend ist die erste Stunde beendet, mit einem aus der Stadt herbeigerufenen Taxi rolle ich durch dunkles Gelände zu den bewohnten Häusern zurück, wo die Zielpunkte leben, die Menschen. Auch ich. Dies ist eine der merkwürdigsten Unternehmungen meines Lebens, sie gleicht der Vorbereitung auf eine Reise, von der noch kein Reisender zurückgekehrt ist. Zur Nacht bin ich wieder in der leeren Wohnung, Lolas Bett ist seit Monaten unberührt, zerstreut denke ich daran, daß in Bälde der Augenblick kommt, aufzubrechen ins Nichts, wo sie ist und wohin ich gehe. Ich schlafe so ruhig wie jemand, der im Fahrkartenbüro vor einer langen Reise erledigt hat, was zu erledigen war.

1. Juli

Den letzten zusammenhängenden Satz, den sie sprach – »Wie langsam ich sterbe« –, höre ich immer noch. Als ob ich es sagte oder jemand, der ich war. Noch halte ich mich an die Tage, so gut ich kann, taumelnd und halbblind, aber das ist kein »Leben« mehr, nur Vorbereitung auf den Abgang. Und in diesem Zustand gibt es keine Angst, nur Sorge, Schluß machen zu können, bevor die Situation mit mir Schluß macht.

Nachts gelegentlich ein Kapitel *Don Quijote*, Cellinis *Autorittrato*, Krúdys Feuilletons. Alles andere stößt mich ab. Auch Gedichte sind fast nur eine Mundübung.

4. Juli

Heute vor sechs Monaten ist sie gestorben, mittags um 1 Uhr 40 Minuten. Ich hielt ihr Handgelenk, aber den Augenblick des Todes kann man nicht mit der Stoppuhr messen. Irgendwie gibt es nicht »den Augenblick«, in dem ein Mensch stirbt. Das Sterben geschieht in Stufen, stetig – wenn es »geschehen« ist, geschieht es noch immer.

Ich ertrage die Qual der Tage nicht mehr und möchte einschlafen. Aber ich bin immer noch nicht »bereit« zum Tod.

Übersetzungen. »Gute Übersetzungen« gibt es nicht. Wie Bismarck über die Politik sagte, die immer nur »die Kunst des Möglichen« sei. »Perfekt« zu übersetzen ist unmöglich. Die Muttersprache ist nicht nur der Sinn, der begriffliche Inhalt von Wörtern, sondern manchmal auch ein Punkt, ein Akzent. Ist ständiger Stromwechsel zwischen »veréb«

(»Spatz«) und »véreb« (»Bluthund«). Und dazu noch die Ober- und Untertöne.

8. Juli

Um halb drei in der Nacht ein Erdbeben. Ich bin noch wach. Erst schwankt das Zimmer ein wenig, dann erschüttert ein starker Stoß das Bett. Erdbeben sind mit nichts zu vergleichen, ein Gefühl von vollständiger und bedingungsloser Hilflosigkeit begleitet sie. Jetzt dauerte es ungefähr drei Sekunden, am nächsten Tag lese ich, es war Stärke 6 auf der Richter-Skala, und ein so starkes Beben gab es in dieser Zone zum letzten Mal vor 15 Jahren. Danach verlief die Nacht ruhig, ich schlief bis zum Morgen.

10. Juli

Jede Nacht die Hotline, diese merkwürdige Nachrichtenübermittlung, die nicht »Erinnern« ist, sondern etwas anderes. Als ob ich nochmals die Vergangenheit erlebte: Ich »erinnere« mich nicht, aber ich erlebe vieles von neuem, ich höre L.s Stimme, ich schmecke, nehme Geräusche und Szenen wahr. Aber so, wie ein Scheintoter das Leben von neuem erlebt.

Feierlichkeiten für die 100jährige Lady, die Freiheitsstatue. Wie alle Einwanderer, erblickten auch wir – an einem Aprilmorgen vor 34 Jahren – als erstes die riesige Frauengestalt mit der Fackel im New Yorker Hafen. Doch ich erinnere mich an keinerlei Gefühlsecho eines »Ich bin frei«. In diesen dreieinhalb Jahrzehnten ist vielerlei auch mit uns geschehen, aber die größte Genugtuung für mich war es, daß ich eine lange Zeit hindurch ohne Selbstzensur schreiben konnte.

8. September

Zwei Wochen im Krankenhaus. Ich werde operiert, sie nehmen die vergrößerte Prostata und die umliegenden Teile heraus. Laut Gewebeuntersuchung angeblich kein Krebs. Aus dem Krankenhaus für zwei Wochen ans Meer zu János, wo mich Therapeuten besuchen. Dann zurück in meine Wohnung, wo ich völlig allein bin. Zweimal in der Woche kommt eine Putzfrau, das warme Essen lasse ich mir bringen. Welchen Sinn hat alles noch? Ein Jahr mehr? Zwei? Es ist fast lächerlich.

13. September

Otto von Habsburg zitiert Ernst Jünger: Die Altäre wurden gestürzt, anstelle der vertriebenen Götter erschienen die Dämonen. So mag es sein. Was in der Welt geschieht, ist dämonisch. Swedenborg glaubte an die Dämonen, Goethe hielt sie für mit femininer Energie ausgestattete Erscheinungen und fürchtete sie.

Vor fünf Wochen bin ich operiert worden. In fünf Wochen war ich nur zweimal draußen, in Begleitung, mit dem Auto. Nichts fehlt mir, nichts wünsche ich mir. Man wird reif zum Abgang, der nicht anziehend, aber auch nicht beängstigend ist, nur eine Realität wie das Sein.

In einer Budapester Zeitschrift ein Bericht über die Situation der dortigen Zigeuner. Etwa eine halbe Million. Ihre Lage sei viel schlechter als in der vorigen Gesellschaftsordnung. Niemand will sie, niemand kümmert sich um sie.

Immer wieder L.s Stimme, ihre letzten Worte: »Wie langsam ich sterbe.« Das gleiche Gefühl habe jetzt ich.

2. November

Allerseelen. Ich fahre im Taxi an die Küste. Irgendwie gehört es sich, an diesem Tag die Gräber zu besuchen.

Seit zwei Monaten wie gelähmt. Ich schreibe nicht, lese wenig, nach Mitternacht. Jeden Tag ein paar Zeilen aus L.s wundervollen Tagebüchern.

I. V. möchte *Das Werk der Garrens*, die sechs Bände, herausgeben: in einem oder zwei Bänden *Die Aufrührer*, *Die Eifersüchtigen* und *Die Gekränkten*. Wenn ich hinüber bin, was ja aktuell ist, müßte das geordnet sein. Vor einem halben Jahrhundert habe ich mit dem Schreiben angefangen (*Die Aufrührer* 1934, *Die Eifersüchtigen* 1937, *Die Gekränkten* 1942/43; der letzte Band, *Nachklang* 1948, ist nicht mehr erschienen, er wurde gedruckt und landete im Keller). Jetzt hole ich die ein halbes Jahrhundert alten Bücher aus der Gruft und lese sie zum erstenmal wieder. Mich überrascht, wie sehr alles auf die heutige Situation paßt, was ich damals über die Stadt, das Werk, die Fremden, die menschgemäße Zivilisation geschrieben habe, die vernichtet wird und dem Konsumnihil Platz macht. Als ich das schrieb, hatte ich Gibbon noch nicht gelesen. Spengler vielleicht. Alles steckte in der Zeit, ich schrieb es nur auf. Manchmal staune ich wie Eckermann, als er Goethe fragte, was das Leitmotiv war, als er den Zweiten Teil des *Faust* schrieb, und der Dichter antwortet: »Liebes Kind, wenn ich das wüßte.«

10. November

Seit Monaten sehe ich niemanden. In der Woche kommt zweimal die alte Putzfrau, das ist meine Gesellschaft. Die einzige Sorge: daß ich versäume, mich zu töten, bevor die

Zeit der Hilflosigkeit beginnt. Was ich lese: Zeitschriften aus Ungarn (Ratlosigkeit, Ausflüchte, nirgends ein aufrichtiges Wort), manchmal Cervantes, Sophokles, aber nur Seiten. Appetitlosigkeit, bitterer Mundgeschmack. Kurze Spaziergänge, Viertelstunden, taumelnd. Der Körper saust abwärts. Der Tod ist ganz nahe, ich rieche ihn, sein Atem stinkt. Und es ist nicht sicher, daß dies schon das Ende ist.

Nachts die Hotline. »Gott ist so gut. Aber darüber darf man nicht sprechen.« Dann: »Hier ist Stille, tiefe Stille. Es gibt hier das Feuer, das Wasser und die tiefe Stille. Nichts schmerzt. Keine Sehnsüchte.« Mag sein, daß ich das alles im Schlaf erfinde. Mag sein, es ist anders. Mag sein, es gibt eine Hotline.

Vor zehn Monaten wurde sie aus dem Krankenhaus weggebracht. Ich schlafe allein. Ich lese allein. Das ist sehr schwer. Nichts bindet mich mehr ans Leben, nur das Leben, ohne Inhalt, Ziel und Aufgabe.

28. November

Am Morgen ein Anruf aus Europa. Mein Bruder Géza ist gestorben.

Unmittelbar vor und nach Lolas Tod ist in den vergangenen 14 Monaten das Leben für mich leer geworden: Lola ist gegangen, kurz vorher meine Schwester Kató und mein Bruder Gábor, jetzt Géza. Ich bin der Nachzügler, von meinen Blutsverwandten ist keiner mehr am Leben. Sie sind nicht weggegangen, nur voraus, ich trotte hinter ihnen her. Es ist wie eine Epidemie. Ja, eine Epidemie der Zeit …

Géza war Filmregisseur, talentiert. Er war emigriert, vor einem Jahr kehrte er heim. Um zu sterben. – Oder er starb an der Heimkehr.

Der Exilliteratur (nicht nur der ungarischen, auch der alten, klassischen) mangelt es an aufrichtigen Bekenntnissen heimgekehrter Emigranten. Er findet vielleicht ein Land, eine Stadt, einen Hausflur wieder, nie aber das, weswegen er heimgekehrt ist: das damalige Fluidum. Das wollte ich vor 40 Jahren in den »Nachzüglern« beschreiben.

Ein Emigrant, der nicht heimkehrt, wirkt grotesk wie ein Säulenheiliger, er hockt in der Höhe und wartet auf die Raben, damit sie ihn füttern.

1987

1. Januar

Am Neujahrsmorgen. Seit Tagen war ich nicht draußen. Ich versuche hinauszugehen, taumle aber. Wie nach einem Attentat. Das vergangene Jahr hat mich völlig ausgeraubt. L. ist gegangen. Meine Geschwister, alle drei, binnen weniger Monate. Bücher habe ich in diesem Jahr nicht gelesen, eher nur in einigen geblättert. Geschrieben habe ich manchmal ins Tagebuch, sonst nichts. Ich lebe völlig allein, monatelang kein anderer Besuch als die alte Putzfrau. Und manchmal János, und die Kinder. Allein einsam sein ist besser als in Gesellschaft einsam sein. Ich habe keine Wünsche. Hoffentlich kann ich still weggehen, ohne Gewalt. L. ist weit weg. Manchmal eine Nachricht von ihr.

24. Januar

Fast ein Pflanzenleben. Selten ein paar Schritte vors Haus. Die Schwäche zwingt mich nach einigen Schritten zum Hinsetzen, und sei es auf eine Treppenstufe. Auch in der Wohnung muß ich Pausen einlegen, wenn ich aus einem Zimmer ins andere gehe. Gelegentlich schreibe ich einen Antwortbrief, »matter of fact«. Sonst nichts. Was ich vor dem Lichtausmachen lesen möchte – Sophokles, Cervantes, Arany –, ist seit Monaten unangerührt. Überdruß, wenn mir das Wort »Literatur« einfällt. Jedes Wort verhüllt die Wirklichkeit nur, zeigt sie nicht. Die Wirklichkeit ist »anders«. Manchmal dämmert das Nihil. Zugleich ein Heimweh, wie wundervoll die »Literatur« war – die andere, die wahre, durch die Strom zuckte wie durch die Sterne und durch Hänsel und Gretel.

1. Februar

Ein junger Schriftsteller. Enthusiastisch, er habe »das große Thema« gefunden, wisse jetzt, worüber er schreiben werde. Noch weiß er nicht, daß es kein »großes Thema« gibt – es geht nicht darum, zu wissen, was und worüber man schreibt. Sondern immer: wie.

Bei jedem Erwachen der Geschmack des Todes im Mund. Er hat mit keinem anderen Ähnlichkeit, er ist wie ein roher Aperitif.

Mehrmals zwischen drei und vier am Morgen L. Über die Hotline. Im Halbschlaf, eher wach als im Traum. Sie erzählt alles … Nichts daran ist verwunderlich. Rätselhaft ist, wo das alles, was sie jetzt erzählt, bis heute gesteckt hat.

In den letzten Wochen ist es wiederholt passiert, daß ein Gebrauchsgegenstand – Brille, Schlüssel, Feuerzeug – verschwunden war und auch bei sorgsamem Suchen nicht wieder zum Vorschein kam. Ich sehe an allen wahrscheinlichen Stellen in der Wohnung nach, in Schubladen und dergleichen, er ist nirgends. Tage später dann, wenn ich die Suche aufgegeben habe, taucht er plötzlich auf, liegt an einem Ort, wo ich ihn bestimmt mehrmals und vergeblich gesucht habe … Das kann Senilität sein. Es kann aber auch etwas anderes sein. Als ob irgend jemand den Gegenstand zum Spaß versteckt hätte, ihn mir dann unverhofft in die Hand drückt und – lautlos, aber hörbar – auflacht, so ein Zeichen gebend, daß er hier ist, in meiner Nähe, und mit mir scherzt. Es kann eine Alterstäuschung sein. Aber auch etwas anderes.

10. Februar

In den vergangenen 13 Monaten jeden Abend einige handschriftliche Seiten aus L.s Tagebuchnotizen. (Heute Salerno, September 1977.) In schöner, beherrschter Schrift rollt noch einmal unser Leben ab, Tag um Tag. Ihr entging nichts, sie schrieb alles auf, die Träume, die Besucher, die täglichen Obliegenheiten, Tag und Nacht, mit einer erstaunlichen Sinnlichkeit. Beim Lesen fallen mir ihre letzten Wochen ein, als sie hilflos im Bett lag und ihre Finger unbewußt die Bettdecke kneteten und glätteten, während sie flüsterte: »Ordnung machen.« Am Ende wollte sie wohl in ihrem ganzen Leben »Ordnung machen«. Davon sprechen auch die Tagebuchaufzeichnungen. Sie war außergewöhnlich, ein seltenes, einmaliges Wesen.

Das Alter. Der Greis muß entscheiden, was er mit der Einsamkeit anfängt. Was ist richtiger: allein einsam sein oder in Gesellschaft einsam leben? Ich lebe jetzt seit mehr als einem Jahr in der Einsamkeit des Alleinseins. Es ist nicht leicht, und es ist auch kein »Leben«, aber es ist erträglicher als die Einsamkeit in Gesellschaft.

Die Schwäche ist konstant und jeden Tag stabiler. Wenn ich aus einem Zimmer ins andere gehe, muß ich mich setzen. Kein Appetit. Ich bin Haut und Knochen. Das Gehen auf der Straße ist lebensgefährliches Taumeln. Zweimal in der Woche kommt die Putzfrau, andere Menschen sehe ich nicht. János ruft an, schaut selten vorbei, ist hilfsbereit. Was ich lese: Erinnerungen von Krúdy von 1925. Eine Beschreibung der Oktoberrevolution, ich bin als Halbwüchsiger im Astoria dabeigewesen und habe Károlyi gesehen und gehört. Manchmal Cervantes, jetzt den grotesken Handel zwischen Anselmo und Lorenzo. Bevor ich die Lampe ausknipse, ungarische Gedichte. Die falsche, hölzerne Lyrik Illyés'.

23. April

János ist gestorben. Er war 46. Er war, wie jeden Morgen, um sechs Uhr aufgestanden, um zur Arbeit zu gehen, stieg aus dem Bett und brach zusammen, wurde ins Krankenhaus gebracht und lag bewußtlos 14 Tage im Koma. Sah nicht, hörte nicht, mußte künstlich ernährt werden. Ohne zu sich zu kommen, starb er dann. Die Autopsie besagt, »non bacterial thrombosis (narantic) endocarditis is clearly the proximate cause of death, via ambolisation«. Er wurde eingeäschert, die Asche ins Meer gestreut. Wir waren nur zu zweit auf dem kleinen Schiff: Harriet, die Witwe, und ich. Die drei Kinder waren zu Hause geblieben. Der Steuermann ließ während der Fahrt (man muß sich drei Meilen von der Küste entfernen, erst dann darf man die Asche ins Wasser streuen) aus einem Kofferradio Trauermusik erklingen und verlas irgendein Gebet.

L. ist vor anderthalb Jahren gegangen. Unmittelbar vor ihr starb in Budapest mein Bruder Gábor (72), einen Monat nach L.s Tod ebenfalls in Budapest meine Schwester Kató (82) und mein anderer jüngerer Bruder (79). Der magische Kreis hat sich geschlossen, aus meiner Familie lebt niemand mehr. Und jetzt ist János gegangen.

Tagsüber eine schreckliche Hitze. Kühle Nächte. Ich schlafe gegen vier Uhr morgens ein, wenn ich nicht gestört werde, stehe ich mittags auf.

In der Morgenpost ein Brief aus Wien. S. schreibt ein Buch über General Hadik, das Abenteuer, als dieser 1757 mit seinen Husaren Berlin besetzte. Einer dieser Husaren hieß Babocsay. Das traf mich wie eine geheime Botschaft: Babocsay, so lautete auch János' Familienname, den wir 43 Jahre lang nicht erwähnt hatten. Als ich ihn 1945 im

Pécser Notariat gesetzlich adoptierte, waren die Eltern des Jungen anwesend, die der Krieg getrennt hatte, sogenannte »einfache« Danubier, der Mann Tischler. Jetzt, da János tot ist, leuchtet sein Name auf. Gespenstisch.

Er war immer bescheiden, mit guten Manieren, ungewöhnlich intelligent. Er hat das Paulinergymnasium in New York absolviert, dann eine elektrotechnische Fachschule. Zwei Jahre war er Soldat in Alaska, bei der Entlassung war er Corporal mit der Beurteilung »honorable«. 20 Jahre arbeitete er in der Firma Digital, er war geachtet, Sales-manager, stieg alle drei, vier Jahre auf, Umzug und Hauskauf zahlte die Firma.

Für mich ist es wie ein Faustschlag vor die Brust. Alles, was über den Tod erzählt wird, ist Lüge. Die Wirklichkeit ist ein Insult, jede Absprache gegen sie Betrug. Ich hasse die Pfaffen und die Märchen der Religion.

In Frieden gehen, ohne peinlichen Betrug und Selbstbetrug. Ich habe niemanden mehr. Dieser Mensch war für mich die letzte »Person«. Ich will nicht mehr schreiben. Auch nicht mehr leben, nur in Frieden gehen. Es wäre ein großes Geschenk, nicht aufzuwachen.

Augenblicke, wie wenn ein irres Tier im Dunkeln jault. Der Augenblick, wenn der Mensch am Ende eines langen Lebens begreift, daß das Schicksal nicht nur grausam, sondern auch unredlich ist.

5. Mai

In Briefen mitunter, taktvoll, die »Hoffnung«. Wie Gide schreibt: »Herr Claudel glaubt, man könne im Schlafwagen ins Himmelreich reisen.«

Überdruß, Widerwille, taumelnde Müdigkeit. Wenn ich mich ein paar Schritte dahinschleppe, halten die Autos an und warten höflich. – Der andere Überdruß: alles, was »Literatur« ist. Es passierte ganz selten, daß die Energie, die alles bewegt – Galaktiken, Hänsel und Gretel, auch die Schreibmaschine –, sich in Worten offenbarte. Ganz selten. Alles andere ist nur eitles Geschwätz.

Habe seit anderthalb Jahren nichts geschrieben. Wie jemand nach einer Drogenentwöhnungskur denke ich nur mit Ekel an das geschwätzige, eitle, irre »Schreiben«. Aber den *Roger* schreibe ich vielleicht noch. Wenn mir die Kraft bleibt, schreibe ich etwas Unpublizierbares, etwas, das die Druckerschwärze scheut.

6. Mai

Aus dem Überseekoffer hole ich den Umschlag, in dem ich L.s Briefe aufhebe. Bisher hatte ich nicht den Mut, ihre Briefe zu lesen, wie ich auch seit zwei Jahren keine Musik höre, auch nicht die Tapes mit ihrer Stimme. Die Briefe sind aus dem Jahr 1957, als sie ihre Nichte Suse in Kalifornien besuchte. Eine beängstigende Lektüre. Ihre Tagebücher (bisher habe ich 20 Hefte gelesen, rund hundert sind es noch) sind nicht so beängstigend, die Tagebuchnähe ertrage ich irgendwie. Aber die Briefe (mehrere Dutzend) quälen mich. Sie beschwören den vollen Wahnsinn des Lebens. In dem Umschlag stecken noch andere Briefe, deren Schreiber allesamt tot sind. Manchmal das unangenehme Gefühl, daß das Überleben etwas Ungehöriges ist. – Ein Buch über Einstein als Privatmensch. Seine Liebe, seine Ehe, das Amt in Zürich. Seine Krankheiten. »Er schwitzte an den Füßen«, lese ich. (Sic!)

11. Mai

Das Gehen: die balancierenden Schritte eines Seiltänzers, jeder Schritt führt Gott in Versuchung. Noch immer gehe ich hinaus. Fremde helfen ungebeten, lange Autokolonnen warten, bis ich mich über den Fahrdamm geschleppt habe. Gehen will ich bis zum letzten Augenblick. In der Wohnung verrichte ich, was notwendig ist, auf die tägliche Hygiene achte ich. Es ist kein Leben mehr, nur noch ein Dasein. Ich traure nicht, aber mitunter befällt mich der Zorn ... und Grauen, die Vision des »Absurden«. L. und János sind nicht mehr, das ist der Sinn solcher Augenblicke. Dann wieder ist es, als weilten sie gerade nicht im Zimmer, als wären sie draußen, irgendwo anders.

7. Juni

Drei Wochen ist es her, daß János starb. Manchmal wandelt mich Zorn und Scham an, ich möchte fluchen. Er war 46, ein sauberes und bescheidenes Leben, verheiratet, drei nette Töchter, Arbeit über Arbeit. Und er war vier, als wir ihn adoptierten. János Babocsay. Er hat 42 Jahre mit uns gelebt, uns über Meere und Erdteile begleitet. Immer war er treu, rücksichtsvoll, bescheiden. Alles, was über den Tod gelogen wird, dreht mir den Magen um. Das ewige Leben. Leben nach dem Tode. Jüngste Gerichte, Sphären, Himmel und Hölle. Nichts als widerliche, dumme, winselnde Lügen. Die Wirklichkeit ist der obszön grinsende Tod.

Habe zwei Jahre nicht »geschrieben«. Im Überseekoffer habe ich einen Krimi, zwei Hörspiele – *Geheimnummer* und *Zwischenfrage* – und ein Gedicht, *Landkarte*. In den letzten Wochen habe ich auch nicht Tagebuch geführt, ein paar Zeilen zu Beginn des Jahres, aber sie sind verlorengegangen. Jetzt schreibe ich trotzdem. Wie jemand, der zu

»Lebenslänglich« verurteilt ist oder auf die Hinrichtung wartet, mit den Nägeln Zeichen in den Putz kratzt.

Das Verdikt. Lebenslänglich, Einzelzelle. Wochenlang sehe ich niemanden. Das Gehen wird immer schwerer, taumelnd. Appetit: mit Widerwillen ein paar Bissen. Frauen, Gesellschaft: nichts. Der Sexus ist eine große und reine Energie, solange wir physisch dazu imstande sind, sonst nur Ferkelei. Fehlt mir nicht. Einsamkeit ist besser als »Gesellschaft«. Besser im Bett und am Tisch.

Was ich lese: nachts einige Seiten, planlos. Manchmal Gedichte, manchmal ein paar Seiten Huizinga. Ich habe das Buch von Ispánki gelesen, der im Gefängnis saß, fünf Jahre, unter den Kommunisten. Er war der Sekretär von Mindszenty und ist neulich in London gestorben. Was er schreibt, überzeugt. Jeder Terror frißt sich selbst auf. Dann beginnt er von vorn. Es stimmt nicht, daß es früher anders war. Nur waren die Menschen weniger und die Statistik bescheidener, aber es ist immer so gewesen. Der Mensch ist hoffnungslos grausam. Grausam, weil ohne Hoffnung.

Die Hotline meldet sich nur noch selten. Was sie sagt, ist mitunter beängstigend. Über uns beide, einer über den anderen ... Sie spricht jetzt von ferne. Aus den Sphären, wohin sie sich entfernt.

Ein Symptom, das mich erschreckt: als erklänge eine Schallplatte mit langen Texten, gestern nacht, auf englisch. Flüssig, anders als in der Bewußtheit des Wachseins. Eine fremde Stimme spricht über Personen. Die tiefen Gruben des »Unterbewußtseins«. Manchmal ist es, als wühlte ein Wahnsinniger in einem Massengrab und suchte, ohne zu wissen, was er sucht.

26. August

Einmal in der Woche, mittwochs, kommt Elisabeth. Sie macht die Wohnung sauber, erledigt die Wäsche und den Abwasch, manchmal kocht sie. Sie geht auf die Siebzig zu. Meistens schweigt sie, spricht sie doch einmal, verstehe ich sie nicht, sie kaut und spuckt die Wörter. Sie bekommt zehn Dollar pro Stunde, immer bleibt sie zwei, manchmal drei Stunden. Der einzige Mensch seit Monaten, mit dem ich ein paar Worte wechsle. Und jeden Sonntagabend aus Toronto der Anruf von István Vörösváry. Wir sprechen einige Minuten miteinander, manchmal wirft Irén etwas ein. Daß sie ein Päckchen Mürbeplätzchen schickt. Sonst sehe ich niemanden. Manchmal besucht mich Harriet und bringt eins von ihren Kindern mit. Sie bleibt eine halbe Stunde, aber es ist besser, wenn sie nicht kommt. Allmählich findet sie zu sich, sie macht mir keine Sorgen. Lesen gegen Mitternacht, eine Stunde. Huizinga, Krúdy. Kein Schreiben. Brechreiz, wenn ich an die »Literatur« denke.

Jeden Abend einige Seiten aus L.s handschriftlichen Tagebüchern. Ich nehme die Hefte auf gut Glück heraus. Jetzt April 1967, die Auflösung unserer New Yorker Existenz, die Übersiedlung nach Salerno. Ein verwunderlicher stummer Dialog in den Tagebüchern, wie sie alles aufschrieb, für wen? Es hat sich so ergeben: für mich. In jedem Menschen steckt ein Mehr, das sich erst im Tode zeigt. Sie ist vor einem Jahr und acht Monaten gestorben. In den Nächten kommt keine Hotline mehr. Wie die Lebenden entfernen sich auch die Toten von mir. Gott, wenn es ihn gibt, schweigt. Ich denke viel an Gott. Wie mag er sein, wenn es ihn gibt? Keinesfalls so, wie die Religionen ihn ausgeben. Berzsenyi ist genauer. »Unser Auge kann in ihn nicht blicken.«

Fremde sprechen mich auf der Straße an, wollen helfen. Beim Gehen, Hinsetzen, Aufstehen.

Der Tod ist ganz nahe, ich spüre seinen Geruch. Noch habe ich mit dem Leben zu tun.

27. August

L.s Stimme in der Nacht. Nach langer Zeit wieder die Hotline. Sie spricht ganz ruhig, leidenschaftslos, aus weiter Ferne. Kein Wort über János. Vielleicht »darf sie nicht«. Nachts, beim Lesen, glaubte ich *Roger* zu hören. Vielleicht schreibe ich ihn. »Beschreiben« kann ich ihn nicht, nur schreiben, wie wenn jemand mir diktierte. Dieser »Jemand« hat sich in meinem Leben wiederholt gemeldet. Er hat weder Namen noch Gesicht. Das ist die andere »Literatur«.

28. August

L.s Tagebuch, Mai 1967. Das Packen. Die Liquidierung von 15 Jahren New York. 15 Jahre in einer Stadt, wo nichts mir einen Anhalt bot. Völliges Scheitern, menschlich und literarisch. Keine Zeile von mir auf englisch, parasitäres, feindseliges Gesindel überall. Völliges Scheitern, die Abreise – und zugleich Erleichterung.

29. August

Ein seltsam kalter Sommer. Jede Nacht Frösteln im Seewind. Tags einige tropische Stunden, bei Sonnenuntergang beginnt alles zu bibbern. Die Weisen rätseln, ob unsere Wissenschaftler die Ozonschicht durchlöchert haben, die die Erde schützte ... Wörter, Wörter, Wörter. Ich friere. Ende des Sommers, der kein Sommer war, Ende des Lebens, das letztlich nichts brachte außer einem grotesken Alter und einem absurden Tod.

Überdruß, wenn ich an die »Literatur« denke. Es gab da, sehr selten, ein paar Zeilen, in denen der Strom zu fließen schien, der die Sterne und zugleich, auf der Erde, Hänsel und Gretel bewegt. Dann allüberall Wörter über Wörter, ornamentale Geschäftigkeit, glutvolle Eitelkeiten.

Ein Schauspieler im Alter von 81 Jahren ist am Morgen im Schlaf verstorben. Zum ersten Mal nach langer Zeit bin ich neidisch.

29. Oktober

Zwei Monate Regungslosigkeit. Wie ein Scheintoter. Kleine Unternehmungen – auf die Straße, zehn Minuten Spazierengehen, Einkäufe – nehmen sich wie anstrengende Expeditionen aus. Wie *Roger* aussieht und welches Genre zu ihm paßt, weiß ich noch nicht. Noch keine Zeile davon lebt. Zwei Monate lang auch kein Tagebuch, nicht eine Zeile. Miserables Befinden, Schwäche, Kraftlosigkeit, Appetitlosigkeit. Zugleich hänge ich immer noch am Leben. Was ich lese: nachts manchmal Huizinga, Krúdy. Zeitschriften, Zeitungen, meistens nur die Überschriften und Schlagzeilen.

Jeden Tag einige Zeilen, manchmal Seiten aus L.s Tagebuchheften. Aus der Tiefe des Stillen Ozeans eine Stimme. Sie war ein wundervolles Wesen – ganz Frau, mit allen Hinfälligkeiten. Sie schrieb alles auf, die Träume, das Essen, eine Begegnung. 62 Jahre lang war sie mir nahe.

1. November

Im Halbschlaf die Namensliste. Das Ergebnis: völlige Einsamkeit. L. ist gegangen, der kleine Kristóf, vor einem halben Jahr János. In den letzten zwei Jahren meine gesamte Familie, die drei Geschwister. Von meinen Zeitgenossen – Schriftstellern, Journalisten, Bekannten – lebt keiner mehr. Ich bin völlig allein, vielleicht so wie Heß, der hohe Nazi, der dieser Tage nach 40 Jahren Einzelhaft gestorben ist. In dieser extremen Einsamkeit die Furcht, den Augenblick zu versäumen, wenn ich noch handeln und der Hilflosigkeit, dem langen Liegen im Krankenhaus, vorbeugen kann. Manchmal L.s Stimme, wie sie in den letzten Monaten, blind und hilflos den Lakenrand knetend, sagte: »Wie langsam ich sterbe.« Zugleich keinerlei Todessehnsucht. Und keine Todesfurcht. Eher Lebensfurcht. Dennoch war »das Ganze«, per saldo, wunderbar.

1988

4. Februar

Vor zwei Jahren ist L. gestorben. In diesen zwei Jahren völlige Einsamkeit. Besuchern fast allen abgesagt. Gehen und Sehen immer schwerer, zum Lesen keine Geduld. Die Wohnung wie *Onkel Toms Hütte*. Und Einzelzelle, lebenslänglich. Kein Appetit, strenges Fasten in jeder Hinsicht ... Manchmal fällt mir Babits ein: »Vielleicht ist der Tod doch nicht so großartig.« Vielleicht. Wenn er damit meint, daß es bisher allen passiert ist und keiner sich hinterher beklagt hat, mag er recht haben.

28. März

Der Tod ist kein Problem. Aber das Sterben.

Ein Bote aus Budapest. Drei Buchverlage schicken mir Vertragsangebote, andere laden mich ein. Totale, »bedingungslose« Kapitulation ihrerseits, sie geben alles heraus, Bücher, Publizistik, alles, das »Lebenswerk«. Ein interessantes Symptom; als hätte der Zerfall begonnen. Ich erlaube keinerlei Veröffentlichung, solange die russische Besatzungsarmee sich dort aufhält. Und wenn sie abgezogen ist, sollen unter ausländischer Kontrolle demokratische, freie Wahlen durchgeführt werden. Vorher erlaube ich nicht, daß irgend etwas von mir herausgegeben wird. Der Bote ist intelligent und sympathisch. Auf meine Frage berichtet er, wenn das System abtreten müsse, würden die Ungarn von den 40 Jahren kaum etwas behalten wollen als die Krankenversorgung.

4. April

Seit zwei Jahren habe ich nichts mehr geschrieben, auch keine Tagebuchnotizen. Briefe nur, wenn unbedingt nötig und mit wenigen Worten. Es fehlt mir niemand. Und nichts.

25. April

Schriftstellerverband usw. rufen mich nach Hause, wollen Denkmal aus mir und meinen Büchern machen. Geben alles heraus, in hübschem Outfit, mich auch. Gemeinsames Schicksal aller Denkmäler: daß die Hunde den Sockel anpinkeln.

Das Schreiben: 80 Prozent Exhibitionismus. Der Rest wie von jemandem diktiert.

Ein Briefschreiber fragt nach meinen Erinnerungen an Kaschau. Ich kann sie in einem Wort ausdrücken: Kaschau war eine »europäische« Stadt. Was man nur von wenigen ungarischen Städten sagen kann.

In Briefen aus Budapest werde ich wieder als »Herr« angeredet. Das erinnert mich an Pascal: »Wenn du hörst, jemand schreibe ein Buch, frage nicht: Ist er ein guter Schriftsteller? Frage nur: Ist er ein Herr? Wenn er ein Herr ist und schreibt, dann ist er sicherlich ein guter Schriftsteller, denn ein Herr läßt sich auf nichts ein, wovon er nichts versteht.«

18. Mai

Zwei Jahre und fünf Monate nun diese »Einzelzelle, lebenslänglich«, jeden Tag. Aufstehen ein Uhr mittags,

Lichtausmachen drei Uhr nachts. Tagelang rasiere ich mich nicht, Tage vergehen, ohne daß ich Geld für irgendwas ausgebe. Gelegentlich schreibe ich einen Brief. Literatur, Bücherlesen, alles fern. Niemand fehlt mir.

Wiederkehrend das Rätselhafte der Spinnen. Wie sie im Bürozimmer des Hamburger Verlags an der Decke erschienen, einige Minuten bevor auf die Stadt der erste große Bombenteppich der englischen Flugzeuge niederging an einem Herbstnachmittag 1944. Wir wissen über die wirklichen Kräfte, die die Strukturen mobilisieren, nichts.

Das Erinnern. Gibt es eine pränatale Erinnerung?

Ich lebe völlig allein, also langweile ich mich nicht.

»Todesfurcht.« Ich fürchte, der Tod ist langweilig.

Die Einsamkeit um mich herum ist dicht wie Winternebel, man ertastet sie. Der Todesgeruch entströmt schon den Kleidern.

14. Juni

In einer amerikanischen Zeitung meditiert der Verfasser, wie überflüssig ihm jeden Abend beim Schlafengehen seine Zehen vorkommen. Sie sind übriggeblieben aus einigen Äonen Evolution, aber sie werden nicht mehr gebraucht. Sie waren ein wichtiges und nützliches Hilfsmittel für ein Lebewesen, das einst an den Bäumen hing und sich mit den Zehen an die Äste klammerte. Dann veränderten sich seine Lebensbedingungen, Zehen wurden nicht mehr benötigt. Auch die Kiemen und Flügel wurden von wer weiß wie vielen Organismen abgelegt, und dann machten sie sich künstliche Kiemen und Flügel. Die Zehen sind überflüssig, genausogut könnten da Klauen oder Hufe wachsen. Aber sie sind noch da. Nicht nur die Zehen. In den Genen sind auch noch völlig unnötige Neigungen, Fertigkeiten und eine zahlenmäßig nicht ausdrückbare Menge Begriffe und Emotionen da.

Noch den *Roger* schreiben. Als eine Ehrenschuld. Daß das Ganze, mit allen Greueln und Scheußlichkeiten, doch sehr schön gewesen ist. Aber ich geniere mich zu schreiben.

24. *Juli*

Hitzewelle. Geschwätz in den Zeitungen, der Mensch habe mit Dämpfen und Gasen die Luft verpestet, jetzt sei die Ozonschicht durchlöchert, die ihn vor der kosmischen Strahlung schützte. Möglich. Menschliche Dummheit und Genialität sind zu allem fähig.

Alles ist in Gott. Und Gott ist in allem. Spinoza hatte recht.

Aber Gott kann nicht der Gott der Religionen sein.

Mir sind nicht nur meine unmittelbaren Angehörigen, Berufsgefährten und Altersgenossen weggestorben, sondern auch meine Gegner. Würde ich nach Budapest zurückgehen, fände ich keinen mehr, mit dem ich hadern könnte.

In Ungarn wird von einer Wachablösung gesprochen. Die Wachablösung ist für den einen Kommunisten ein Vorwand, den anderen Kommunisten kaltzustellen und so das kommunistische System zu retten. Aber das System ist gescheitert, und retten wollen sie nicht das System, sondern das Diebesgut.

20. August

Geselligkeit. Da kommen sie neugierig und begaffen mich wie im Varieté den sprechenden Hund. Das Altsein ist eine Attraktion; seht ihr, sagen sie, noch schmiert er sich nicht den Spinat auf die Ohren, noch redet er und kann bis drei zählen, und das in diesem Alter. Erstaunlich. Sie schauen in die Grube des hohen Alters. Wissen noch nicht, daß man Alte am besten allein läßt, weil sie sich dann wenigstens nicht langweilen.

27. August

In diesen Tagen ist es 40 Jahre her, daß wir aus Budapest abreisten. Von denen, die uns zum Zug begleiteten, lebt vielleicht noch das kleine Kindermädchen – die anderen, Tibor, Miksa, vielleicht ein halbes Dutzend Freunde, sind alle gestorben. Aufenthaltsorte waren in den 40 Jahren Genf, Neapel, New York, Salerno, San Diego. Gegangen sind Lola und János, ferner alle meine früheren persönlichen Bekannten und Kollegen. Ich bin jetzt völlig allein, in meinem 89. Jahr fällt mir das Gehen und Sehen immer schwerer, lesen kann ich nur noch eine Viertelstunde lang, ich sehe nur verschwommen, Spaziergänge höchstens einmal hin und her vor dem Haus, am Stock. Alkohol fast gar nicht, ein Glas Wein mit Wasser, manchmal ein Bier. Zigaretten zirka zehn am Tag. Sex und dergleichen nichts, auch nicht in den Träumen. Fehlt mir auch nicht. Zärtlichkeit täte mir gut, aber ich traue niemandem. Was ich lese, nachts: die Zeitung, dann Krúdy. Neue Bücher lese ich nicht mehr. Das Gedächtnis unzuverlässig, aus großer Ferne kehren Erinnerungen plastisch zurück, aber manchmal weiß ich nicht mehr, was vor fünf Minuten geschah. Keinerlei Protest gegen den Tod, aber auch keine Todessehnsucht.

L. fehlt mir heute sehr. Der Adel und die Vornehmheit ihres Körpers. Ihr Lächeln. Ihre Stimme.

1989

89. Jan. 15.
Várom a behívót. Nem sürgetem, de nem is halogatom. Itt az ideje.

—

15. Januar

Ich warte auf den Stellungsbefehl; bin nicht ungeduldig, will aber auch nichts hinauszögern. Es ist Zeit.

Am 22. Februar 1989 hat sich Sándor Márai erschossen.

Nachwort
von Ernő Zeltner

»Es ist nicht wahrscheinlich, daß ich in meinem restlichen Leben noch einmal so etwas veröffentliche«, ging es Márai im November 1984 durch den Kopf, als der Schalterbeamte an der Post im kalifornischen San Diego den Stempel auf das Päckchen drückte, mit dem die Korrekturabzüge des Tagebuchbandes 1976–83 an den Griff Verlag gingen, den der langjährige Márai-Freund Sándor Újváry als ungarischen Exilverlag in München betrieb.

Als das Buch dann im Dezember desselben Jahres gedruckt vorlag, bekräftigte er seine Vermutung gegenüber mehreren Freunden und Bekannten, denen er ein Exemplar zueignete, so auch der langjährigen Korrespondenzpartnerin Zsuzsa Szőnyi in Rom, der er am 28. März 1985 schrieb: »Mit Interesse warte ich auf Ihr Urteil über meine neuen Tagebuch-Absonderungen und werde es aufmerksam lesen. Ich verspreche, es waren die letzten. Denn vernünftiger wird sein, mich in der noch verbleibenden Zeit nur mehr mit den Tagen und nicht mit Tagebüchern zu beschäftigen.«

In der Tat ist dies der letzte Tagebuchband, dessen Texte Márai selbst aus seinen umfangreichen Aufzeichnungen ausgewählt und für den Druck zusammengestellt hat; was er dennoch für sich und die Nachwelt weiternotierte, ist in das hier vorliegende Buch eingegangen.

Die ungarischen Originaltexte zu diesem letzten Band der Tagebücher hat Csaba Gaál, Nachfolger des Márai-Vertrauten István Vörösváry und jetziger Verleger der Vörösváry Publishing Company in Toronto, für den Druck eingerichtet und 1997 herausgegeben. Ihm ist die

Entzifferung der hieroglyphenähnlichen Aufzeichnungen des Autors zu verdanken (»häufig hat Márai seine Eintragungen mit der Feder geschrieben, und seine Handschrift ist nahezu unleserlich; aber auch auf der Schreibmaschine schlug er, fast blind, häufig in die benachbarten Tasten«). Mit philologischer Gründlichkeit übertrug Gaál die Sätze und Satzfragmente von den vergilbten Notizblättern des inzwischen verstorbenen Autors auf Manuskriptpapier, ohne auszusondern oder etwas wegzulassen: »Mein Ziel war«, berichtet der Herausgeber in einem Brief an mich, »die buchstabengetreue Wiedergabe der letzten Gedanken und Empfindungen eines wunderbaren Menschen und vor allem die Übermittlung der Botschaften eines bedeutenden Geistes unserer Zeit.« Gaál hat, anders als Márai selbst bei den vorausgegangenen Bänden, bewußt auf jegliche Selektion des Materials verzichtet und jede einzelne der mit der Zeit immer weniger gewordenen Eintragungen berücksichtigt.

So ist zu erklären, was auch dem Leser nicht entgehen wird, daß im Tagebuch oft über viele Tage dasselbe Thema wiederkehrt, sich völlig gleichlautende Sätze wiederholen, vor allem dort, wo Márai vom langsamen Sterben seiner Frau Lola und von der Kommunikation mit ihr über den Tod hinaus mittels der »Hotline« berichtet.

Als der druckfrische Tagebuchband der Jahre 1976–83 am 21. Dezember 1984 bei ihm eintraf (zusammen mit dem ersten, den er bereits 40 Jahre zuvor geschrieben hatte, war es der fünfte), notierte Márai, die fünf Bücher seien ein Extrakt seiner persönlichen Erinnerungen aus vier Jahrzehnten: »An Manuskripten enthält der Überseekoffer noch einmal soviel. Vielleicht werden sie eines Tages von zeitgeschichtlichem Interesse sein.« Ein wichtiger Hinweis darauf, daß der Autor auch diese weggelassenen Teile seiner Aufzeichnungen nicht für immer eliminiert wissen wollte.

In einer sensiblen Auswahl sind die von Márai bei der Edition seiner Tagebücher weggelassenen Eintragungen in die bislang nur in ungarischer Sprache vorliegenden Bände *Was nicht im Tagebuch steht* eingegangen.

Die von Hans Skirecki ins Deutsche übertragenen Tagebuchnotizen dieses abschließenden Bandes dokumentieren und erhellen die letzten fünf Jahre in Márais Leben, von 1984 bis zum Tod. Zwar bieten sie immer noch eine Fülle von Reflexionen über Menschen, aktuelle Ereignisse, seine Lektüre; Erinnerungen fließen ein, und er fand auch stets Gelegenheit auszusprechen, was er über Vorgänge in der Heimat oder über literarische und andere Zeitgenossen zu sagen für wichtig hielt. Doch es ist nicht zu übersehen, wie sich kontinuierlich der Horizont seines Lebens verengt.

Anders als in den 1997 bei Vörösváry und 1999 beim Budapester Verlag Helikon erschienenen ungarischen Ausgaben wurde in der vorliegenden deutschen Edition auf manche tagespolitischen und speziell auf ungarische Ereignisse bezogenen sowie die Literatur seiner Heimat betreffenden Notizen des Autors verzichtet.

Welchen Stellenwert haben nun die Tagebücher im literarischen Schaffen Márais, und was haben sie ihm selbst bedeutet? Manche Interpreten halten sie für das Wichtigste, was Márai geschrieben hat; diesem Urteil möchte ich mich nicht uneingeschränkt anschließen.

Mit 40 bekannte der Schriftsteller noch in den Betrachtungen *Himmel und Erde*: »Tagebücher mochte ich nie so recht, sie sind nicht mein Ausdrucksmittel.« Doch schon bald danach, nämlich während der letzten Kriegsjahre 1943/44, als die politischen und ideologischen Beschränkungen seine literarische und vor allem publizistische Arbeit immer schwieriger machten und die Kriegsereignisse von Tag zu Tag für ihn und Lola auch physisch bedrohlicher wurden, »flüchtete« er förmlich in diese intimere

Form der Selbstmitteilung. Aus dem »geistigen Refugium« des Tagebuchs wurde für ihn schließlich eine Art Routine und ein bis zum Tod anhaltendes Bedürfnis. Noch im Alter von 84 meinte er rückblickend: »Für mich ersetzen diese Notizen seit 40 Jahren die publizistische Arbeit, den Kontakt zur Alltagsrealität.«

Die Aufzeichnungen des Jahres 1984 (und zwar in der ungekürzten ungarischen Fassung) ergaben 56 und die des darauffolgenden Jahres immer noch 47 Druckseiten, während die Tagebuchnotizen von 1986 schon auf 34, die des Jahres 1987 auf 15 und die von 1988 auf ganze 6 Seiten geschrumpft sind. Aus dem Jahr 1989 existiert nur noch ein einziger Eintrag, der vom 15. Januar: »Ich warte auf den Stellungsbefehl; bin nicht ungeduldig, will aber auch nichts hinauszögern. Es ist Zeit.« Daß die Geduld dann nur noch für wenig mehr als fünf Wochen reichte, ist bekannt.

Natürlich unterscheiden sich die Tagebuchnotizen dieses Bandes von den vorausgegangenen nicht nur im Umfang; von Jahr zu Jahr war es weniger, was aus der Außenwelt zu ihm durchdrang und in seinen Notizen Niederschlag fand. Gegen Ende sind die Aufzeichnungen fast ausschließlich auf Erinnerungen und den bewegenden Kampf eines ständig mit dem Tod konfrontierten Menschen reduziert, der das letzte Kapitel seines Daseins lebt.

Doch selbst da, wo bei aller geistigen Präsenz die thematische Vielfalt der früheren Bände bereits fehlte und Márai mit der Möglichkeit einer Publikation gar nicht mehr rechnete, formulierte er die Notizen mit sprachlicher Vollkommenheit und unvermindertem literarischem Anspruch – offenbar wähnte er sich auch mit diesen Aufzeichnungen, ja sogar in seiner privaten Korrespondenz, bis zum Schluß auf der Bühne der Nachwelt.

Zwar klagte er schon ganz zu Anfang des Bandes: »Müdigkeit, Schwäche, taumelnder Gang. Wie wenn die Batterie leer ist und die Taschenlampe nur noch glimmt.«

Doch sind auch diese Texte über weite Strecken intellektuelle und sprachliche Kostbarkeiten: Eindrücke, geistreiche Porträts, ironisch-trockene Feststellungen, essayistische Kurzabhandlungen und zu Sentenzen verdichtete Gedankengänge – ein zeitgeschichtliches, literarisches und menschliches Kompendium seines Wissens und seiner Erfahrungen. Bis schließlich Lolas völlige Hilflosigkeit und die eigene körperliche Gebrechlichkeit den Chronisten vollständig okkupierten und seine Kräfte lähmten.

Anfang April 1988 vermerkte er: »Seit zwei Jahren habe ich nichts mehr geschrieben, auch keine Tagebuchnotizen. Briefe nur, wenn unbedingt nötig und mit wenigen Worten. Es fehlt mir niemand. Und nichts.« Zum Ende hin herrschten in seinen Aufzeichnungen andere Prioritäten und Inhalte vor. Nichts wollte er mehr schreiben, nur gelegentlich noch etwas notieren: »Wie jemand, der zu ›Lebenslänglich‹ verurteilt ist oder auf die Hinrichtung wartet, mit den Nägeln Zeichen in den Putz kratzt.«

Das macht diese Passagen und gestammelten Sätze – Ausdruck der Ohnmacht eines Menschen angesichts der Unbarmherzigkeit des Schicksals – so erschütternd authentisch. Es sind vorüberhuschende Erinnerungen und sich wiederholende Klagerufe, immer eindringlicher, immer schmerzlicher.

Ernő Zeltner, im Sommer 2002

PIPER

Sándor Márai

Zwischen Himmel und Erde

Aus dem Ungarischen übersetzt, mit Anmerkungen und einem Nachwort versehen von Ernö Zeltner. 343 Seiten. Geb.

»Was aber ist das Geheimnis der großen, lebendigen Prosa? Bisweilen glaube ich fast, nur die Wahrheit.« Sándor Márais geschliffen formulierte Selbstgespräche über Kunst und Literatur, seine Reflexionen über die Natur und deren Vergänglichkeit, über Moral und Gefühl sind von eindrucksvoller Prägnanz und Einsicht. Doch so impressionistisch leicht diese Texte auf den ersten Blick wirken mögen, so zeichnet sich bereits Márais Resignation ab. Sein Rückzug aus dem öffentlichen Leben, sein Sich-Abwenden von den Ereignissen und die gleichzeitige Hinwendung zum reinen Wort finden in diesem 1942 vom Autor selbst zusammengestellten Band eine deutliche literarische Form. Die Leser, die Sándor Márai durch seine Romane »Die Glut« und »Das Vermächtnis der Eszter« kennengelernt haben, werden auch bei diesen Miniaturen die kunstvoll ausgewogene Balance zwischen Intellekt und Gefühl schätzen.

SERIE PIPER

Sándor Márai

Bekenntnisse eines Bürgers

Erinnerungen

Aus dem Ungarischen von Hans Skirecki. Herausgegeben von Siegfried Heinrichs. 420 Seiten. SP 3081

»Bekenntnisse eines Bürgers«, 1934 erschienen, ist die beeindruckende Selbstbiographie eines Europäers, der 1900 in der Provinz der Donaumonarchie als Sohn deutschstämmiger Ungarn geboren wurde. Feinsinnig und amüsant schildert er seine Kindheit und Jugend im Städtchen Kaschau. Seismographisch genau zeichnet er dann den Zusammenbruch der alten Ordnung im Ersten Weltkrieg auf und schließt seine Studien- und Wanderjahre in Deutschland, Frankreich, Italien und England an, nun an seiner Seite Lola, die er, mittellos, aber gierig nach dem »ernsthaften Leben«, noch als ganz junger Mann heiratete. Seine Begegnungen mit Künstlern, Schriftstellern und Schauspielern der wilden zwanziger Jahre führen den Narrenreigen der Bohème seiner Zeit vor allem in Berlin vor. Sándor Márais feine Lakonie, sein warmer Humor, die Eleganz und Brillanz seiner Sprache einerseits, die präzise Beobachtung und kühle Distanz seiner Erzählhaltung andererseits stellen ihn an die Seite von Autoren wie Elias Canetti, Gregor von Rezzori oder Max Aub, wurzellose Europäer mit enormer erzählerischer Kraft.

»Die ›Bekenntnisse‹ sind von einer Wahrhaftigkeit, die das Leiden bis zum Kippmoment unerträglicher Intensität vorantreibt. Erst dort, am Boden eines scheinbar zerstörten Lebens, beginnt der Aufstieg.«
Frankfurter Allgemeine Zeitung

Stephan Krawczyk

Bald

Roman. 361 Seiten. SP 2859

Der junge Familienvater Roman Bald ist ein sympathischer Taugenichts und Arbeitsverweigerer. In seiner provinziellen Heimatstadt gilt er als verrückter Spinner. Als Mitglied der »Gesellschaft zur Bewahrung des Großen Kanons« kann er seiner etwas ungewöhnlichen Leidenschaft nachgehen, nämlich Wörter sinnstiftend zusammenzufügen. Überall im Land brüten die Teilnehmer über den regelmäßig verschickten Rätselbriefen und suchen bei ihren Treffen gemeinsam nach der Lösung. Was sie nicht wissen: Ihr harmloses Treiben beunruhigt die Obrigkeit, und aus dem Spiel wird bald bitterer Ernst... Mit einer ganz eigenen Poesie und einem liebevollen Blick für die Geschicke der kleinen Leute erzählt Stephan Krawczyk vom Abenteuer, widerspenstig zu sein.

Radek Knapp

Franio

Erzählungen. 160 Seiten. SP 3187

Das Kaff Anin, fünfzig Kilometer von Warschau entfernt, ist für seine Bewohner der Mittelpunkt der Welt. Um Anin hat der Fortschritt gottlob noch einen großen Bogen gemacht, hier spannt der Grashändler Kossa noch seine Stute vor den Karren, näht der Schuster Muschek die Stiefel noch wie anno dazumal, und obwohl in den Häusern schon Fernsehapparate stehen, ist die Anteilnahme der Menschen am Leben der Nachbarn noch höchst lebendig. Sie zelebrieren Freundschaft und Fehden und lassen die Zeit stillstehen, wenn einer ins Fabulieren kommt. Dem Herumtreiber Franio hängen sie ebenso an den Lippen wie dem Mechaniker Lukas, dessen Weltuntergangsphantasien einen guten Vorwand liefern, die Triebenergien noch rasch in lustverheißende Bahnen zu lenken.

Erstveröffentlichung

Maria Kolenda

Wildwechsel

Erzählungen, 100 Seiten

ISBN 3-933314-65-8 / € 14,32

Siegfried Heinrichs

Frauen

Erzählungen, Gedichte , 100 Seiten

ISBN 3-933314-67-4 / € 17,00

Ivan Denes

Die Bücher der Schlaflosigkeit

Roman, 330 Seiten

ISBN 3-933314-66-6 / € 22,50

Andjelko Vuletić

Doktor Engels wundersame Pflanze

Roman, 250 Seiten

ISBN 3-933314-72-0 / € 22,00

Oberbaum